U0739852

金牌小说

Hitty, Her First Hundred Years

木头娃娃的旅行

〔美〕雷切尔·菲尔德 著
〔美〕多萝西·P.莱思罗普 绘
陈静抒 译

云南出版集团 晨光出版社

前言

PREFACE

你好希蒂，再见希蒂

让我们不再为丢失的美好而遗憾——
那不是缺陷，是你不在梦里。

我小的时候，有一只红色的布娃娃，还有一只头很大很大，身子却很小的娃娃，这两个都是我最喜欢的伙伴。很多年来，它们一直生活在我的记忆里，我却从来没有想过，在童年之后，搬家以后，我的那些玩具，包括这两只布娃娃，都去了哪里。

好像对于我们来说，有些东西消失了就是消失了，很少会再想到。可是，没有什么东西会从这个世界上凭空蒸发，在到达垃圾处理中心被压扁之前，它们总会停留在某个地方，有另一段生活。

这就是希蒂要告诉我们的故事。

一开始，我以为《木头娃娃的旅行》是一个写给女孩子的故事，毕竟，不是只有女孩子才会成天抱着娃娃玩吗？可是，希蒂身上有那么多新奇好玩的故事，她是这样一个沉静勇敢的好娃娃，相信每一个男孩子读完了，也会像菲比家的小男孩安迪一样爱上她，也会理解安迪不顾危险地跑去土著的部落把希蒂救回来的心情吧。

对于今天的我们来说，那是两百多年前的一个冬天了。一块小小的寓意吉祥的花楸木，飘洋过海来到美国的东部，就这样成为缅因州普雷布尔家小姑娘心爱的木头娃娃，并有了个名字叫希蒂。她和小主人菲比度过了一段惊险难忘的愉快时光，有几次，我们以为她再也见不着菲比的时候，她都奇迹般地回到了普雷布尔一家的身边。最后，我们总以为她一定会再回去，而等到她真的再回到缅因州那栋木屋的时候，却已经是一百年之后了。

在前几次的分离又重逢中，我们像每一个失而复得的小主人那样体会着这难得的喜悦，而后面的旅途中，希蒂的每一个新的开始，对于上一任小主人来说则意味着一个结束。我们的目光被希蒂新鲜刺激的历险而吸引，几乎来不及回头去想这离开对于旧主人来说意味着什么。如果希蒂有能力，她一定也想和之前的小主人分享一下这些快乐的旅程吧——啊是的，她的确有这个能力，这不就写下了这本书吗——坐船出海，从北方的枫树林到南方的种植园，从南洋小岛到印度乡间，见到了了不起的诗人、伟大的作家、著名的歌唱家，还被四处游历的画家画进了不少画里，美国历史上最重要的南北战争也就在她的历险岁月里这样波澜不惊地滑过。在一个一百多岁的娃娃面前，人世兴衰往来古今，都变成了真正的过眼云烟。然而，从前的那些小主人，一旦分离，就再也不会和她一同经历这些了。在生活中，我们总是奔向新的生活，而把遗失的娃娃抛在脑后；在故事里，这是第一次，娃娃把我们抛在了脑后，也是第一次，我们能够分享她绚烂的生活。

希蒂是一个勇敢坚强而又温柔善良的娃娃，不管她的小主人大主人是虚荣的小公主，还是只能成天窝在屋子里的乏味的老太太，她都能发现她们身上闪光的地方，用慈爱的语气描述着她们。感谢希蒂，让我们有机会去看见曾经那个懵懂无知的自己，并且看到自己以这样一种方式被包容、惦记和忆及。

谢谢希蒂，让我们知道所有自己没能在场的故事里那无限有趣的可能，让我们不再为丢失的美好而遗憾——那不是缺陷，是你不在梦里。

你好，希蒂！再见，希蒂！

陈静抒

目录

CONTENTS

本书献给缅因州和艾比·伊文斯

CHAPTER ONE

第一章

我开始写回忆录

这几天古董店里都很安静。布谷鸟座钟前天卖出去了，大胆儿捉老鼠又捉得那么勤快，搞得它们半只爪子都不敢从橱子后面伸出来，如今店里就只剩下我和大胆儿两个了。大胆儿是这里的镇店之猫——本店唯一一件非卖品，因此它成天飞扬跋扈的。我倒不是要说它有什么不好，谁身上没个缺点呢？再说要不是它的缺点，我也没法在这里写回忆录了。不过，缺点是一回事，爪子又是另外一回事了，这我可分得清清楚楚的。

大胆儿算不上有多坏，可也不是什么善茬。它总是四处探头探脑的，爪子和尾巴也是我见过的最厉害的了。对了，最近它晚上睡觉都把脑袋搁在橱窗的首饰盘上，要是让亨特小姐看到，它前天夜里打个呵欠差点吞下一只石榴石耳坠，她还不得跳起脚来。自打这古董店开张亨特小姐就养着大胆儿，一直惯着它这古怪的脾气。不过要我说呢，亨特小姐自己也有不少怪毛病：她喜欢指指戳戳，还喜欢盯着人看好久，什么东西拿在手里都要翻来覆去摆弄半天。她这些习惯一天始我觉得，用菲比·普雷布尔的妈妈的话来说，可真有点神神叨叨的。虽然我很快也就习惯了，可说到底，在我的字典里，这不是什么有教养的行为。她心眼儿倒不坏，要是认为你是件古董，她就会掏心掏肺地对你好。也因此，当她第三次发现我夜里从椅子上跌下来摔了个狗啃泥之后，她就说，可不能再让这么珍贵的古董娃娃冒险了。打那以后，每天晚上关门前，她都要把我从橱窗里取出来。

就这样我站到了她乱糟糟的书桌前，双脚踩在一张满是墨点的绿色吸墨纸上，背靠一个锡制的墨水台，旁边堆着一摞雪白的账单和山一样的文件。再往那边，另一摞凌乱的纸头上压着一枚陈旧的海螺壳，我从前可见过比它漂亮一百倍的。不过它勾起了我的一些思绪：一看到它那闪着微光的弯曲边缘，我就不禁想起了南太平洋上的岛屿，以及我在那里的一连串奇遇。店铺那头的壁炉台上放着一个玻璃瓶，里面是一只横帆的船模。但它的帆做得不是很规整，上面的镀金也不像当年我们在波士顿港搭乘的那艘“黛安娜－凯特”号那么精美。也许今晚那个瑞士音乐盒又要像前几次那样，没头没脑地自己响起来。如今坐在这里，听着它叮叮当当地奏起那首《玫瑰和木犀草》，竟有一番别样的滋味。从前在皮托伊先生为年轻的小姐先生举办的沙龙舞会上，伊莎贝拉·范·伦塞勒等人正是在这支乐曲声中欢快起舞。那也不过就是在华盛顿广场对面，离我现在所在的地方一个街区之遥。可那时街上还没有这么多摩天大楼，也没有哪条街像今天这样开满了小商店。

总之，也许是那只装在瓶子里的船模，也许是那个音乐盒，尽管我觉得更可能是眼前的这支鹅毛笔，勾起了我要写回忆录的念头。鹅毛笔是插在墨水台里的，早就过时了，就像女士们的裙子里也不用鲸骨裙撑了，小女孩也不流行戴阔边系带帽了。然而一个人是不会忘记自己早年受到的训练的，我也不是白白看着克拉丽莎用鹅毛笔抄了那么多格言。要是亨特小姐和那位老先生说得没错，我算得上这店里最珍贵的一件古董的话，那我怎么会不喜欢用这鹅毛笔，胜过用那些新式的自来水笔来写字呢？我也不喜欢那些在纸上划得沙沙响的金属钢笔尖儿。于是，我手握着这支鹅毛笔，这就敞开心扉，将我的故事一一道来了。

就我所知，大约是一百年前的一个寒冬，我出生在缅因州。自然，我不可能真的记得这些，不过，听普雷布尔家的人说得多了，有时候我的眼前也仿佛浮现出老货郎用他那块

我开始写回忆录

花楸木把我雕刻出来的情景。那块花楸木很小，所以即使在玩具娃娃当中，我也算是个小个子了。这木头是老货郎一路从爱尔兰带过来的，很是宝贝。身边带着一块花楸木总有好处，因为它象征着好运，还能趋吉避凶。所以自打做起了货郎生意，他就一直把它收在箱底。生意最好的时候通常是在五月到十一月，路上好走，天气也没那么冷，农妇和小女孩也都能够站在门口，听他兜售那些小玩意。那一年，他往北跑得很远，跑到了以前从未到过的地方。最后到了一个满是树林的荒野村落，再往前就是大海了，一场雪挡住了他的去路。狂风呼啸而来，顷刻之间积雪便封住了道路。情急之下，他看到普雷布尔家的厨房里亮着灯，便去敲门。

后来普雷布尔太太总是说，要是没有老货郎，那个冬天她和菲比可真不知道该怎么办。屋子里要升火，要给马饮水喂草，谷仓里还有牛和小鸡要照料。虽然有个打杂的男孩安迪来帮忙，他们三人谁也没有歇过一会儿。即便天气放晴了，路也还是堵了好多天，所有的船只都被暴风雪困在了波特兰港。普雷布尔船长还得有几个月才能回来，于是老货郎决定留下来帮着干点活，等开春了再说。

那时候，小菲比才七岁，是个快乐友善的小女孩，柔软的淡金色头发打着卷儿顺着脸颊垂下来。就是因为她，我才从一块还没有一根月桂蜡烛高的只有六英寸半高的花楸木，变成了一个手脚齐全的娃娃。我最初的记忆就是一个四四方方的房间，里面有着昏黄的温暖火光，一个上好的壁炉，像是一个方方的洞穴，火苗舔着里面的一大堆木柴，炉子上方的铁架子上挂了一只黑黑的旧茶壶。我听到的第一句话是菲比对她妈妈和安迪说:“瞧，娃娃的脸雕好了！”他们都围过来看我。老货郎用拇指和食指捏着我，在火光里左转右转，好让我身上的油漆快点干。我还记得菲比看到我时很兴奋，她的妈妈则很惊奇，惊讶于老货郎怎么能在这么小的一块木头上，雕刻出这样栩栩如生的鼻子和活灵活现的笑脸。他们都说，再没有人能用一把折叠小刀做出这么好的手艺了。那天晚上，他们把我放在壁台上晾干。壁台下的火苗渐渐变弱，照出了一些奇怪的影子。我还能听到老鼠在墙里墙外吱吱地叫着跑过，屋外的大风掠过一棵大松树的枝头。在往后的日子里，这些声音我再熟悉不过了。

菲比的妈妈说，要给我穿好了衣服才能跟我玩。菲比不是很会缝东西，但她妈妈坚决地拿出了针线、顶针和一包布头，就这么给我量了尺寸着手给我做第一套衣服。她们拿出了一块浅黄色的棉布，上面缀满了小红花。我觉得美极了。菲比的针线活做得不怎么样，通常缝上个十来分钟就不耐烦了，可这一次，她是那么着急地想要和我玩，那副认真努力的样子叫大家都大吃了一惊。我不记得自己的名字是怎么来的了。一开始，普雷布尔太太给我起了名叫梅希蒂布尔。可菲比嫌这名字太长了，没多久全家就都叫我希蒂了。真的，是普雷布尔太太建议菲比用十字针法把我的名字用红线绣在我里面穿着的衬裙上的。

最后一针也绣好了，菲比的妈妈说："瞧，以后她不管去了哪里，总还知道自己的名字。"

"妈妈，她哪儿也不会去的！"菲比喊道，"她永远都是我的娃娃。"

如今再想起这番话，感觉可真奇怪。当时我们根本就想不到下一刻会发生什么事！

总之，过了几个星期，我终于打扮停当了。但不巧的是，花棉布上的最后一个针脚落在了星期六。在那个年代，从星期六太阳下山之后，一直到星期日的晚上，小孩子都被禁止玩玩具。那时候还是二月，太阳很扫兴地早早就落到了长满云杉的山头后面。菲比徒劳地哀求着，想要跟我再玩一会儿，就在火炉边，只玩半小时。可她妈妈把我关进了一只旧松木衣橱，放在最上面的一层抽屉里，以免让她看到我，让她过于心痒。我记得，那个抽屉里有普雷布尔太太的漩涡花呢头巾，还有菲比的海豹皮小暖手筒和披肩，那是她爸爸上次出海给她带回来的。我就隐居在那里，直到第二天早上大家准备出发去教堂。

那时候，星期日去教堂对普雷布尔家来说是件大事。他们住的地方离教堂有好几里地，坐雪橇也要走好久。菲比早早地就穿好了衣服，等着妈妈和安迪。她站到一只脚凳上，打开衣橱的抽屉，俯下身子时看到了我。她是来拿暖手筒和披肩的，却一眼就看到了我。说句公道话，我得承认菲比原本是想努力克制自己的念头来着。

“不，希蒂，”她说，“今天是星期日，我不应该碰你，直到今晚都不能碰你。”

她叹了口气，似乎在想这将是多么漫长的一天。接下来不知怎的，她就把我拿在手上了。

“反正，”她抱歉地对我说，“妈妈只是说我不能在星期日跟你玩，又没说我不能给你理理衣裳。”

可接着，她发现我刚好可以藏在暖手筒里，那就放进去呗。而这一放进去，就不奇怪她会有下面的计划了。

“希蒂，没人会想到你在我的暖手筒里的。”她轻声说道。从她的话音里，我能感觉到，这个早晨我是不会在松木衣橱里度过了。就在这时，她妈妈匆匆忙忙地走进来，说得赶紧出发了，否则会赶不上唱赞歌。我不知道什么叫唱赞歌，可她显然很担心这个，以至于急匆匆地从抽屉里拿起头巾的时候，压根就没注意到我已经不在那里了，更没看见菲比那涨得通红的脸颊。

海豹皮的暖手筒里暖和又舒适，虽然菲比的双手一放进来就意味着我的空间太局促了。我什么也看不见，这是当然的了，偶尔会透进来一点刺眼的亮光，我知道那一定是雪地上的反光。我能感觉到马拉着我们在赶路，能听到马蹄踏过雪地吱吱嘎嘎的响声。老货郎啪啪地甩着鞭子，雪橇铃欢快地叮叮当当响着。普雷布尔太太不喜欢这铃声，因为她一直在责备安迪怎么忘了把铃铛取下来。她说，安息日还在雪橇上挂着铃铛去教堂，这样太不庄重了，不知道邻居们会怎么说。可安迪说，铃铛就是铃铛嘛，教堂的尖顶上还有钟呢，不是一样嘛。

这话招来普雷布尔太太好一顿痛骂。要不是雪橇已经停在了教堂门口的台阶前，她还会继续骂下去。我一想到自己来到了教堂，就又兴奋又好奇——教堂可是无论如何都不允许玩具娃娃进去的呀。躲在暖手筒里，我还是什么都看不见，但听得见外面发生的一切。即使是现在，事情隔了这么多年，我仿佛还能清晰地听到周围的人群起立坐下时的窸窸窣窣声，以及他们的合唱：

赞美真神万福之源，

天下万民都当颂扬。

……

听到这个，一股庄严肃穆的感觉自上而下一直贯注到了我的木头脚底。

接下来的布道和祈祷花了好长时间，我听着听着，就走神了。而菲比呢，她先是坐立不安，然后歪倒在妈妈身上打起了瞌睡。我可就倒霉了！我猜是这样的：她睡着了之后，暖手筒就脱落了下来，渐渐地，她松开了手，我就一个倒栽葱，从那个舒适的海豹皮手筒里跌落到了地上。幸好这时人们正起身做最后一次祈福，没有人听见我掉落的声音。暖手筒滚到了另一边，被安迪捡了起来。接着菲比被一把拽起来，低着头和大家一起祷告。

我害怕极了，从没想过会没有人把我捡起来。我眼睁睁地看着普雷布尔家的人都朝外走去，听到门外准备雪橇和马的声音时，我还在期盼菲比能够回来救我。最后，我听到了关窗户锁门的声音，我一点得救的希望也没有了。我知道，当时菲比的妈妈一定是在急着催她出去，而她又没胆子说出把我带到教堂来的事。我思忖着自己的处境——第一次出门，就落到了这么悲惨的田地，我绝望了。

我不太愿意回忆接下来的那些个日日夜夜！直到现在，我也没搞清楚那到底有多少天，我只知道自己从没有那样痛苦，就是日后面对火焰和船难时也没有那么痛苦过。天冷得可怕，我的四肢冻得都快要裂开了。外面狂风肆虐，钉子折断了，大梁开裂了，一根旧钟绳在门厅晃悠着，发出凄凉的声音。还有蝙蝠，我都没想到还有蝙蝠。有一只蝙蝠的巢就筑在普雷布尔家人坐过的长凳下面，离我只有几英寸的距离。白天它倒挂成一个灰色的球，晚上扑棱扑棱猛地飞出来，很是吓人。有几次它飞得很低，翅膀尖都扇到我了。黑暗中我

还有蝙蝠

看见它那双小黑眼睛闪闪发亮，它那爪子在我看来非常尖利，但愿我可不用感受被它抓着的滋味。我待的地方也不怎么样：就在长凳旁边的地板上，一本插图版《圣经》摊开着，展露出一幅最可怕的图画，是一条大鱼正在吞吃一个人。那时，我觉得自己就和那个人一样倒霉。

有一天，我听到了钥匙拧开门锁的声音，觉得希望来了。来人是教堂负责巡视的执事。我更觉得有希望了。可是，要怎么才能引起他的注意呢？我躺在椅子下面，身子被挡住了，周围还有脚凳和一本《圣经》遮着，而我自己连一根手指头都抬不起来。我是说我一根手指都抬不起来。我得承认，老货郎觉得给我每只手雕一根指头就够了，那就是拇指，其他四根手指并拢在一起，像戴着手套一样。于是我只能靠脚了。可脚跟腿钉在一起，而我也没有一个像样的膝盖。尽管如此，如果尽全力的话，我还是可以把钉在身子上的大腿稍微挪动一点的。看起来，这是我唯一能做的了，因此我就拼命地上下挪动着腿。

哗啦！哗啦！哗啦！

我自己也被这旧地板上的刮擦声惊呆了。这声音在教堂里引起了可怕的回声。我听到执事倒抽了一口气，啪嗒一声就扔下了手中应该是扫帚的东西。他朝教堂的后门跑去，一路撞上了好几排长椅。我听见他边跑边惊恐地嘟囔着：

“谁知道是不是闹鬼，我可不想冒险！”

展露出一幅最可怕的图画，是一条大鱼正在吞吃一个人

虽然我并没落什么好儿，可那时我心中还是禁不住涌起一阵骄傲：我的小木腿竟能把他吓成这样。

对我而言幸运的是，小菲比不是一个能守得住秘密的人。这一个星期还没过完，她就主动招认了自己不听话把我带去教堂的事，并且许诺，只要能把我找回来，她愿意改过自新。于是，这边她被罚去绣一片特别长的刺绣图样，那边安迪和老货郎就驾着车来带我回家了。

没有任何笔，哪怕是最精美的鹅毛笔，能够书写出我重回家中的喜悦。再没有别处的火光，比菲比家壁炉里的火焰更加明亮欢快了。我挨着暖暖的炉火，看着明亮的火光映在亮闪闪的水壶和盘子上，映照在菲比好看的脑袋上，她正低头在帆布上绣着十字绣名言：

遵从良心说出真相或许痛苦，
却能让人离圣洁更近一步。
谁要是总和真相作对，
就会永失好友一路。

菲比的妈妈下令，直到菲比圆满地绣完最后一个字，才允许她和我玩。这花了她好多好多天时间，中间有泪水，有打结，还有进进出出的针脚。难怪到了最后，我和菲比都把这段话背得滚瓜烂熟了。

她在绣着的时候，我被隔离在一个高高的架子上，同情地看着她。对一个小女孩来说，这真是一个教训。听着菲比的妈妈对她说的那些有关良心以及要好好听话的训斥，我开始庆幸玩具娃娃没有这些规矩。从菲比对着绣样的叹息声中，我猜想，她也希望自己能摆脱这些吧。

那一年缅因州的春天来得特别迟，直到三月中旬才开始解冻。在那之后的一个月，整条路都变成了泥水河，车马都没法走过。柳芽儿足足迟了好几个星期才抽绿，安迪直到五月才能做柳哨。后来，忽然有一天，普雷布尔家门口的鸢尾花丛冒出了花蕾，马路对面的灌木里也钻出了黄色和蓝色的紫罗兰、雪花莲和雪割草。还有五月花，你要是知道能在哪里找到的话——安迪和菲比就知道。自那之后，我就常常在花店的橱窗里看见它们，它们被笔挺地包在花束里，一点也不像我们在普雷布尔家的树林里看到的那样，粉色白色的花枝蔓延在前一年的腐叶和冷杉果之间。

一旦路通了，老货郎就收拾起包袱，带上普雷布尔太太给他做的一大袋食物，出发了。菲比把我搂在怀里，和安迪一道送他去三角草丛，也就是三条路交叉的地方。他们站在那里和老货郎道别，目送他踏上了去波特兰的那条路。老货郎一瘸一拐地走着，重重的袋子压得他侧着身子，整个人像长在常年刮风之处的树一样。他走到路尽头转弯的地方，停

那年春天我们在普雷布尔家的树林里采野草莓花

下来朝我们挥手。安迪和菲比也挥了挥手，他们就这样一直挥着手，直到他从视线中消失。

要不是紧接着菲比的爸爸就回来了，我们恐怕得孤独好一阵子。他没打招呼就出现在鸢尾花丛中的小道上，驾着一辆双轮小马车，从波特兰带回来的盒子、货物和航海箱堆满了前厅。里面装的净是些好东西——丝绸、漩涡花呢头巾、象牙雕件、珊瑚、鸟类标本和他从每一个路过的港口带回来的小玩意儿。我常常好奇地想，要是亨特小姐看到这些会说什么呢。

普雷布尔船长是个大块头，用他太太骄傲的话来说，他不穿鞋就有六英尺四英寸高了。他还有一双我见过的最明亮的蓝眼睛，他大笑起来的时候，眼睛会紧紧地闭上，眼角会浮现出许多细纹，就好像旧时图画里的太阳光线。他常常大笑，尤其是听菲比说话时。每次，他的笑声就像是从脚底下的大皮靴里发射出来的，轰隆轰隆地往上涌，最后到了嘴巴里，变成一阵哈哈哈哈的大笑跑出来。

当菲比的爸爸亲了菲比，把她举过头顶两三次，看她长多高了时，她对爸爸说的第一句话就是："这是我的新娃娃，她叫希蒂。"于是，他就听她把老货郎和花楸木，以及我是如何在教堂的长椅下过了好几天的事情，都说了一遍。普雷布尔船长听得大笑起来，笑得衣服上的扣子都在颤动，就像颠簸在汪洋中的小船，完全不理会菲比的妈妈冲他摇头的样子。

“达尼尔，这没什么好笑的。”她对他说，“我要说，要是你一周之内就把她宠成一只话痨鸟的话，我实在不知道我细心调教她的努力能有什么用。”

我记得她的原话，因为我直到今天都没搞清楚，话痨鸟到底是种什么鸟。现在听不到人们说这个词了，也许这种鸟好多年前就灭绝了吧？

CHAPTER TWO

第二章

我上了天，幸好又回来了

说起这第一个夏天，我可以写上好多张纸。我们坐着普雷布尔船长的马车出去玩，去了波特兰、巴斯和附近的农场。我们还划了南瓜颜色的小渔船去探险，船长在船上教安迪用自制的帆布来起帆。天气好了，周围的邻居和亲戚朋友也常常来家里做客，待上一整天。在北方这短暂又悠长的晴朗夏日，一时间好像所有的花都争先恐后地开了起来。鲜艳的毛茛、雏菊和恶魔草还在草地上招摇，野玫瑰就已经绽开了花苞，在它们的最后一瓣掉落之前，安妮女王的花边和第一拨秋麒麟草就已经粉墨登场争当主角了。还有成筐的莓子等着人们去捡。大家都说，从没有过这么好的收成，尤其是野木莓。

所有的花好像都要马上开花似的

真的，拜这些野木莓所赐，我差点又被丢在这大千世界里。

事情是这样的：普雷布尔太太叫我们再去摘一两夸脱的木莓回来做果酱。安迪和菲比去了离家不远的一片草地，就在路那边不超过一英里的地方，我们前几天刚去摘过。安迪带了一只大大的木底篮子，菲比拿了一只小的，让我先躺在里面，等木莓装不下了再让出地方。她在里面仔细地铺上了车前草叶，凉爽又舒适。这是七月末的一个溽热的下午，不用走在那发烫的灰扑扑的马路上，我心里感到庆幸。这似乎又再次让我觉得做个娃娃多好啊。哎呀，没想到很快我就不这么觉得啦！

到了那片草地，我们发现有人抢在了前面。灌木丛都折倒了，一颗木莓也没剩下。

“海岸那边还有一片。”就在两人失望地刚要转身的时候，安迪记了起来，“朝后湾那边走，沿着沙滩一直走到树丛里的一小片空地上，那里的木莓几乎有我两个大拇指加起来这么大。”

“可是妈妈不让我们离开大马路。”菲比提醒他道，“好歹也不能走到看不见大路的地方去。”

“喂，”安迪不是个轻易放弃自己想法的人，“是她叫我们去摘木莓的，不是吗？可这里又没有。”

这话是没错。没说几句，菲比就忘了她妈妈的话。我们这就走上了去后湾的路。穿过一片云杉树林，密密麻麻的树丛里只有一条窄窄的小道可走。

“昨晚我听阿布纳·霍克斯对你妈妈说，这附近又有印第安人了。”安迪对菲比说，“他说是帕萨马克迪人，一大群，是来卖篮子和别的什么东西的。不过他说可别相信附近的他们这些人。我们得注意着点，别跟他们碰上。”

菲比打了个寒战。

“我怕印第安人。”她说。

“快走，”安迪催促道，“从这里拐弯去后湾，还得走好长一段石头路呢。”

太阳把这些石头烤了好几个小时了，走过去可真难受。菲比穿着拖鞋还是一路抱怨，没穿鞋子的安迪就更别提了，他一边叫着一边跳脚，不停地跳进旁边的水里打湿脚来凉快凉快。他们走了好一会儿才走到那片木莓地，开始摘起来。菲比在空地边找了一棵盘根错节的老云杉，把我好好地安放在树根中。我可以看见他们在灌木丛里移动的身影，但他们时不时就走进一丛高高的灌木里，我只能看到他们的头顶，像两个圆圆的苹果——一个黄苹果和一个红苹果，在绿树丛中时隐时现。

后湾宁静宜人，云杉林顺着斜坡延伸到水中，蓝天下黑黑尖尖的树顶像千百支箭头。湛蓝的海面闪闪发光，远处的奶牛岛上，贝壳般的小白浪花正扑打着海岸。空气中满是蜜蜂的嗡嗡声和小鸟的啁啾声，还有海水冲刷岸边礁石的声音。还有菲比和安迪一边摘木莓一边互相喊话的声音。这世上再没有一个娃娃有此刻的我这般惬意了。

就在这时，蓦然传来菲比的一声尖叫。

“印第安人，安迪，印第安人！”

她指着我身后的树丛，他俩的眼睛瞪得像门把手那么圆。可我没法转过头去，什么也看不见。安迪抓住菲比的手，朝另一个方向跑去。他们沿着满是碎石的海滩跑着，脚下的石子噼啪作响，一路上撒落了好些木莓。最后两人消失在树丛中，连头都没有回一下。起先，我不相信他们竟然忘记了我，后来才发现这是真的。独自等在那儿真是无比煎熬，身后传来树枝折断的声音和嘟嘟囔囔我听不懂的话语。但是看不见却听得见，总是比真正看到还要吓人。

来了大概有五六个印第安女人，穿着鹿皮靴，披着毯子，戴着珠串，她们也是来摘木莓的。没人发现树根丛中的我。我看着她们往草篮子里装木莓，她们瞧上去胖胖的，很和气，不过肤色发黑，头发有点乱糟糟的。有个人背上还背了个小婴儿，那婴儿从背囊里探出小小的亮闪闪的眼睛，好奇地瞧着外面，好像探出洞穴四处张望的土拨鼠。等到她们装满了篮子，穿过树丛回去的时候，太阳也快落山了。

我对自己说：“这下安迪和菲比总会回来找我了吧。”

可随着太阳一点点沉下去，我有点着急了。天空中满是灿烂的晚霞，一群群海鸥朝着奶牛岛飞去，夕阳给它们的翅膀镶上了金边。要是身边有合适的同伴，眼前的这一切真算是美景了。我忽然感到一阵怅然若失，深觉自己竟是如此地渺小。可相比接下来发生的一切，这还算不得什么。

一切发生得太快了，我都没反应过来到底是怎么回事。整整一个下午，我都听见远处乌鸦的叫声，隐约觉得它们就在我附近的树上。但我对乌鸦早就习以为常了，普雷布尔家附近到处都是乌鸦，对于它们沙哑着嗓子的嘎嘎叫，我从来没当回事。直到耳边猛地传来一声大叫，一团乌黑的疑云罩在了我的头上。肯定不是天黑了，我还能看到天边的晚霞呢，再说这团乌黑还带着温暖和重量，绝对不是天黑的缘故。我还没来得及想出逃命的办法，一个尖尖的嘴巴就啄到了我的脸上，一对黄眼睛闪着我从未见过的凶光，狠狠地盯着我。“嘎，嘎，嘎！”

我虽是一块结实的吉祥木，也被这股恶气给吓得低了头。我觉得自己大难临头了，乐得把脸埋到冰凉的青苔里去，不必去看那乌鸦凶狠的脸。如今回想起来，我意识到，也许乌鸦并不是那么凶狠，它们也不想长得那么黑，有那么尖的喙吧。可话说回来，它们抓起东西来总该小心一点。很明显，这只乌鸦啄了几口之后，就放弃了要吃我的念头，冲着我沮丧地“嘎嘎”叫了几声，以发泄对自己新发现之物的不满。然而它还挺固执的，决意要拿我派上点什么用场。

忽然，我感到自己被人拦腰拎了起来。我徒劳地想要抓住青苔和树根，却眼看着它们离我的脚趾越来越远。后湾，

忽然，我感到自己被人拦腰拎了起来

云杉树林，木莓地，这一切都在我的身下模糊、远去。我的裙子在风中翻飞，我的身子随着乌鸦的飞行在空中一会儿高，一会儿低。

“这下死定了！”我想着，做好了下一秒就翻着跟头坠落天际的准备。

然而，天意就像乌鸦一样爱捉弄人。

最后我总算能喘口气了，定下神来时，我看到自己在一个乱糟糟的大鸟巢里。这鸟巢搭在一棵高高的松树顶上，里面有三只半大的乌鸦正盯着我看。有一只乌鸦来对我看一看啄一啄已经够受的了，更别说有三只一齐打打闹闹地冲向我了。它们虽没有乌鸦妈妈那么大那么凶，可胜在总是大张着红色的喉咙吵吵嚷嚷地要吃的，嘴巴就没合拢过。当我看见乌鸦妈妈必须不停地往这些无底洞里扔那么多食物的时候，我都开始同情起它来。这边还没咽下肚，那边又开始呱呱叫起来，它又得赶忙再飞出去。我从没见过这么好的胃口，这一次可算是见了个够，因为我在这个窝里待了足足两天两夜。

这回我处在了一个从未有过的难受境地。就一个鸟巢来说，这里算大的了，可对于三只快要学飞的乌鸦来说，还远远不够大。它们对我又戳又撞，推过来挤过去，我都感到自己被掏空了。好像还嫌这不够似的，乌鸦妈妈也收起翅膀挤了进来，我差点被闷死在最底下。还有那些小乌鸦的爪子和窝里的小树枝，也在我的身上戳来戳去。我都不知道第一个晚上我是怎么熬过来的。

天总算亮了，乌鸦妈妈又出去觅食了。以往我总是透过精美的窗玻璃看日出，现在却是在一棵松树高高的枝头上看。

风吹过树枝，鸟巢也随着晃晃悠悠，这一切都是那么地不同。一旦适应了之后，倒是一种令人相当愉悦的感受。那些小乌鸦仍旧推搡着我，我得努力地把双脚抵在那些纵横交错的树枝上，才不至于掉下去。慢慢地我知道了该如何变换自己的位置，并且还能爬得高一点看到鸟窝外面了。起初我很害怕，站在这么高的地方都不敢往下看。所以过了好长时间我才发现，原来我离家并不像我想象的那么远，而是近在咫尺，一抬脚就能走到家门口了——乌鸦叼我来到的正是普雷布尔家门口的那棵老松树。当我看见那熟悉的烟囱里升起的炊烟，还有谷仓附近吃草的老马查理时，简直不敢相信自己的眼睛。

起初，这样还挺好的，可没多久，情况就变糟了。看着普雷布尔一家就在我的脚下活动，听着安迪和菲比的说话声，却又无法引起他们的注意，这太折磨人了。与此同时，那些小乌鸦还在为着一点小鱼小虾，吵着挤着打闹着。天色渐渐暗了，我越来越觉得孤独和不安起来。

我目送着夕阳在松针间远去，听风狠狠地掠过树枝间，发出低沉的巨大声响。若是安全地站在坚实的地面上，听到这声音或许还会觉得有几分美妙，可在我这样危险的处境里又是另外一回事了。我看到普雷布尔家的烟囱里升起了袅袅的蓝色炊烟，知道大火炉那里又开始准备晚饭了。等会儿他们就要围坐在圆桌边吃晚饭了，而我却不在。

菲比要是能看到我在哪儿，一定会哭的。我闷闷不乐地想着。小乌鸦们又狠狠地挤了过来，我不得不从两枝树桠间伸出了胳膊。

我得慢吞吞地挪动，因为那些小乌鸦越来越烦燥不安了。它们已把我挤到了最边上的角落里，我开始意识到，在这里的时刻屈指可数了。

夜晚降临了，天上闪烁着又大又亮的星星，就像雪晶洒落在黑幕上。我的心中涌起一股绝望，那绝望比乌鸦的翅膀还要沉重，比这夜空还要黑暗。

我再也受不了了。最后，我对自己说，就算被劈成柴火烧掉，也好过再在这里待下去。

我心里清楚，要是采取行动的话，我必须得赶在乌鸦妈妈这最后一趟觅食归来之前。于是我朝着窝的边缘挪去。我必须承认，当我从这么高的地方望下去，尤其是想到我还得自己跳下去的时候，是我这辈子感到最害怕的一刻。就在这时，我又想起来树下有一块灰灰的大石头，我经常跟菲比坐在那上面。那一刻我泄了气。

不肯冒险，哪得成功。我提醒自己，这是普雷布尔船长最喜欢的一句座右铭，我念了好几遍来给自己打气，毕竟，我可不是用一般的木头做出来的。

我要是能慢慢地落下去，或者先伸出一只胳膊然后再伸一条腿，事情会容易一些，可我的木头四肢做不到这样，它们要么不动，要么一齐动。

“嘎，嘎，嘎！”

我听见乌鸦妈妈就要回来了，没有时间磨蹭了。幸运的是，小乌鸦也听到了妈妈的声音，在窝里拼命地挣着，我就算想待也待不下去了。我的双脚往上一翘，两条胳膊往外一伸，就这么跌落了下去！

就像是跌入了一个黑黑的无底深渊，尖尖的松针和松果划过我的脸，锋利的树枝戳在我的身上，我不停地往下落着，落着，落着。就是从月亮上掉下来也不需要这么久吧。等停下来的时候，我以为自己肯定落到地上了，可周围还是松针和树枝，我伸出胳膊，并没能摸到坚实的土地。

天亮的时候，我发现这个新地盘总归比上一个要好一点。我没有像自己预想的那样落到松树旁边的空地上，而是挂在了一根伸出来的枝丫上。但我很丢脸地头朝下悬在半空中，衬裙都翻了过来。难受归难受，但比起这个毫不淑女的样子就不值一提了，这个不雅的姿势简直是奇耻大辱！可我对此无能为力。我牢牢地卡在那里，动弹不得，一点办法都没有。

还有更叫人受不了的呢：接着我就发现，虽然我可以把普雷布尔家里的情况看得一清二楚，可我这副样子在别人看来就跟一颗松果没什么两样。这棵松树很高，树干的下半部分没有树枝，家里不会有人想到抬头往这上面来找我的。我在那里挂了好些天，一直都是头朝下，风吹雨打的。而最痛苦的便是，我要眼睁睁地看着菲比·普雷布尔在我身下走来

我的双脚往上一翘，两条胳膊往外一伸，就这么跌落了下去

走去，坐在那块大石头上，挂着我的这根树枝刚好把阴影投在她的卷发上，我却没法叫她抬起头看。

我伤心地想道，也许我就要一直挂在这里，直到所有的衣服都碎成条儿。也许他们永远都不会找到我了，最后菲比都长大了，再也不玩娃娃了。

我知道她也惦记着我。我听到她对安迪这样说的，他还答应跟她再去一次那片木莓地，去找我。他俩认定是印第安人把我给拿走了，菲比一想到这个就难过得不行。而与此同时，我就挂在他们的头顶，裙子翻开来，看上去大概像一把往外翻的伞。

奇怪的是，最后还是那些乌鸦让我们得以再次团聚。我离开它们的窝之后，那些乌鸦就开始学飞了，成天嘎嘎地扑棱着翅膀。我从来没听到过这种声音，当然了，我以前也没跟乌鸦这么亲密地接触过。普雷布尔太太说，它们这些诡异的活动弄得她很心烦，安迪则成天拿着弹弓来打乌鸦。他一只也没打中过，可那些乌鸦倒叫得好像被打着了似的。终于，一天早晨，当他站在老松树下，拉开弹弓正要发射时，他看见我了。大概是我的黄裙子吸引了他的注意。即便是这样，他也花了好一会儿时间才认出我来。

“菲比！”他醒悟过来，开始叫道，“快来看这树上有什么！”

他扔下弹弓进屋去找菲比。接着，全家人都站在了树下面，讨论着要怎么把我给弄下去。这是个大问题——树干很粗壮，就算普雷布尔船长把安迪架在脖子上，也没办法够着一根树枝可以往上爬；也没有那么长的梯子能够着我，我挂在远远的树梢上。看起来，只有把整棵树砍倒这一个办法了。普雷布尔太太坚决不同意这个做法。她说这棵松树很老很老了，像那个黄铜门把手和松木衣橱一样，是家里的老古董了。安迪试着往上扔苹果，可我被勾得太牢了，这毫无作用。他们也不敢扔石头，我简直都要绝望了。

普雷布尔船长走开了一会儿，然后拿着一根刚削好的长桦木棍子回来了。这个够长了，可他和安迪够了一个小时也没把我弄下来。我在上面卡得太牢了，不管棍子削得有多尖，都挑不动我。最后，菲比的妈妈出现在厨房门口，一手拿着一把大叉子，一手拿着一盘现炸的甜甜圈。船长这下有了个主意。

“让我试试把这叉子绑在上面。”他说，“看看能不能叉住她。”

一眨眼他就把大叉子绑在了木棍上。那尖尖的叉齿离我这么近，真有点吓人。可我没心情挑剔了，当那比乌鸦爪子还要尖锐的叉子戳向我的时候，我一点也没退缩。令人高兴的是，这回我从松枝上腾空而起了。

“又多了一个叉鲸鱼的办法，”他把我放到菲比的手中，大笑着说，“也多了一种用甜甜圈大叉子的办法。”他把叉子还回去的时候，加上了这么一句。

“肯定是那些讨厌的乌鸦把她从后湾那里带回来的。”安迪对菲比说，“不是没有这个可能，大家不是都说乌鸦是可恶的小偷么？”

可是菲比见到我太开心了，没有心思去想这个，也不在乎我身上的衣服都弄得破破烂烂的了。而我呢，我只想躺在她的膝头，直到永永远远。

CHAPTER THREE

第三章

我坐车又上船

我的衣服被乌鸦、雨水和树枝弄得伤痕累累，简直不像个样子了。不过，好在普雷布尔船长抽空给我做了一个精巧的小摇篮。菲比的妈妈答应一有空就给我做几件新衣裳，可那些日子里，在普雷布尔家真难找到什么有空的时候。船长很快就要再次远航了，这次是要出海去捕鲸。他已经买下了一艘船的大部分股份，船的名字叫黛安娜[1]，正停在波士顿港修理装配。

九月来了，大海、树梢和草尖都闪着粼粼的波光，我那木头身体竟奇怪地感觉到了春意。蟋蟀从早到晚在那烧过的

[1] 罗马神话中的月亮和少女的守护神，代表贞洁和母性本能。

褐色草地里鸣叫，我从来没听过蟋蟀叫得那么响那么久。

“它们叫着是想驱寒呢。”有天晚上我们三个坐在门口的台阶上，看着大大的红色秋月从海那边的岛后升起来时，安迪这么对菲比说。

“这管用吗？”菲比对这类事情总是那么地好奇。

“不管用啊。”安迪说，“可它们以为这样就行了，天越冷，它们叫得越厉害，但最后还是要被冰霜给冻死。等着瞧吧。”

“还好我们不是蟋蟀。”菲比说着，紧紧地搂住我，好像生怕我也变成一只蟋蟀。

那天晚上，大家都上床睡了，屋子里静悄悄的。我躺在摇篮里，听着蟋蟀的叫声，想到安迪的话。还好我不是蟋蟀，我不禁也庆幸起来。

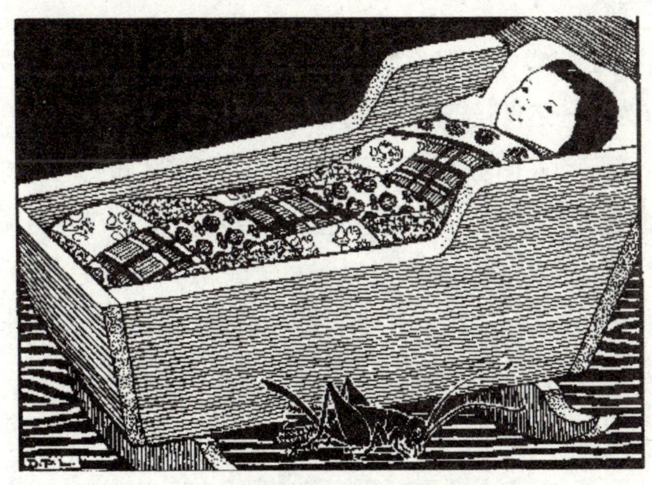

我躺在摇篮里，听着蟋蟀的叫声

普雷布尔船长天天都要驾马车出门，去看看每周从波士顿来三趟的邮车有没有给他带来“黛安娜”号的消息。消息总是说船还没有装备好，船长越来越不耐烦了。

“鲁本·索姆斯是个捕鲸高手，”有一天我听到他对妻子说，“可他检修船的本领却不怎么样。看来要想在十一月之前起航，我得坐下一趟马车，亲自去一趟波士顿了。这将是我最后一次从波士顿出发，下一次我一定要从波特兰港走。”

“哎呀，达尼尔，我还没给你织完第十二双袜子呢，别急着走。”他的妻子哀求道，“我可不想自己安安稳稳地坐在这里，却让你穿着湿答答的袜子去趟水！”

“那只好委屈你后天跟我一起去一趟波士顿了。”他大笑道，“你可以在路上织完它，还能顺便上街去给自己和菲比买几件时新的羊毛冬装。”

“达尼尔，这叫什么话呀。”她严肃地摇了摇头，“你总爱乱花钱——还没开船就先点灯。”

我一时没明白她这话是什么意思，后来才知道这是捕鲸手的妻子们常说的话，就是说钱还没挣到手，就已经在想着要花掉了。这之后没多久，我听到了更多海上的行话。

不管怎么说，船长总是能想干啥就干啥。于是在一个晴朗的秋日早晨，我们就动身去赶乘去往波士顿的驿马车了。太阳才刚刚升起不久，我们就喧闹地离开了普雷布尔家方方的小白屋和红色的谷仓，留下了身后那一棵老松树。这些熟悉的景象在眼前一一远去，我一点都没想到下个星期就看不见它们了。不，在转向去波特兰的路口的时候，我们谁也没有想到这一点。

那天上午的天气可真好！我永远也不会忘记每一片池塘和湿地旁的红彤彤的枫树、金黄的榆树和云杉，还有那火红的五叶爬山虎——好像整条篱笆都在燃烧一般。一路上还看到了遍地的秋麒麟和紫菀。

“凯特，瞧那儿，”船长忽然用鞭子指着前面，“这是今年秋天见到的第一棵花楸木。”

是的，就在那儿，在一丛灌木的边缘，有一棵瘦瘦高高的树，树上结满了橘红色的果子，就像一个个闪亮的小球，把树都压弯了腰。

“这是希蒂的树，”菲比叫道，“这是魔法树。”

“嘘，孩子，”她的妈妈阻止道，“不许说这种事情。”

“可是妈妈，老货郎就是这么说的。”菲比坚持说道，“你不记得了吗？他雕希蒂的时候说过，希蒂是个吉祥物。”

“呵，他是想要讲点好听的话吧。”船长看到妻子严肃的脸色，赶忙插了句话进来，“不管怎么说，这是个好兆头。驾！查理，再不快点就赶不上驿马车了。”

实际上我们还有很多时间。普雷布尔家后来还在国会街罗宾森老表家的店里停了一下，买了甜甜圈、姜饼和几杯苹果酒，并把老马查理和马车丢在了那里。

如今的时代再没有驿马车了，也没有那些神气俊美的马来拉着它们了。当年我们乘坐的那辆车漆成了红色和黄色，四匹马两两一组，两匹灰色两匹栗色的。车轮的辐条漆成了黑色，转得飞快的时候，会让人非常晕，尤其是当你把脑袋伸出窗户往下看时。也许菲比就是这么晕车的。颠簸了大约一小时之后，她抱怨说有点不舒服。当时普雷布尔船长和安迪以及其他几个男士男孩一道，在车顶跟车夫坐在一起，不过有两三位女士和我们一起坐在车里。她们都很热心和善，有一个人拿出了薄荷糖，还有一个人拿出了柠檬糖。我记得还有类似干甘草根和家酿云杉啤酒之类的东西。菲比什么都试了一遍，没一样管用。而她的脸色越来越苍白，车不紧不慢地前进着，她只想闭着眼睛躺在那里，一点也不愿意动弹。

“她怕是遗传了我们家人的消化不良。”她妈妈难过地摇着头，对其他几个人说，“我们家的人都有这毛病。”

很高兴我没有感到这种不适。当然啦，我不能像菲比那样，放纵自己在罗宾森老表家的店里吃那么多苹果酒和姜饼！吃这么多东西肯定有影响啦。

那天晚上，我们在朴次茅斯一个舒适的老旅馆里住了一夜，第二天天没亮就又出发了。车子换上了新马，朝萨勒姆奔驰而去。

第二天菲比表现得好多了，她妈妈一边和另外两个新上来的旅客聊天，一边手里还在不停地织着船长的袜子。我们路过了港口和海角，路过了田野和榆树环绕的村落，最后来到了萨勒姆。这里有一个漂亮的港口，停满了船只，还有我从未见过的大房子。我们在淡淡的暮色里沿街走着，不少房子是砖头砌的，屋顶的烟囱旁边带着一个四四方方的小阳台。“这叫船长之路。”菲比的爸爸说，因为站在那上面就能看到海港里停泊的船只了。一路走过，菲比的妈妈不停地感叹这些房子真大，门和窗户雕刻得真精美，还有偶尔瞥见的屋内的家具真好看。

“他们买得起。”她丈夫解释道，“萨勒姆是周围这一片最有钱的地方了。要是你去了码头，就能看到他们在这里卸下从印度、中国还有不知道什么地方来的货物。如果这一趟我运气不错，能弄条抹香鲸，装上个六七百桶鲸油回来的话，我们就也能住在这儿了。凯特，你觉得怎么样？”

可他的妻子摇了摇头。“你知道，除了缅因州我哪儿也不想去住。可这不妨碍我欣赏人家的大门和窗帘呀，不是么？”

船长表示赞同。

第二天晚上我们就在波士顿歇脚了，住在一个老妈妈开的家庭旅馆里，那是专门接待水手家人的。船长自小就认识她，她热情地接待了我们。从她家楼上的窗户望出去，可以看见一片密密麻麻的船桅，那些大船就停在附近的码头上。

船长马上就带着安迪去他的船上了。他回来的时候，菲比已经吃过晚饭，带我上床睡觉了。他的声音听起来有点焦急，不停地唠叨着他应该早点来的，要是想赶在秋季风暴的前面，船就得尽早出发了。可他手下那批最好的水手不是生病了就是跳槽去了别的船上，船到现在只装备好了一半，另外，他还找不到一个合适的厨子。看起来最后一样最让他烦心。显然，这一年能出海的厨子非常稀缺。

又过了几天，船长在码头上越来越忙了，我感觉到有什么事要发生。因此，有一天晚上当他回来找菲比的妈妈长谈的时候，我一点也不觉得惊讶。我和菲比躺在床上，而他俩把脑袋凑在桌上那盏小玻璃灯前说话，所以我听得不是很清楚。普雷布尔船长的面前摊开了一些图纸，旁边还放着好多纸，他的妻子顾不上膝头的毛线活，专注地听着他说话，看着他用大大的手指点着图上的东西。

“唉，达尼尔，”最后她说，“今晚我好好想想，明天早上再告诉你。我从来没出过海，更没有在一艘脏兮兮的你所谓的捕鲸船上给一群饿汉做过饭。”

“没你想的那么糟，”船长说，“我们的船做了一次彻底的大装修，没有比她更好的船了，你可以把你的船舱拾掇得就跟在家里一样舒服。至于干活，我给你找个人打下手。”

“可我一想到家里的厨房，”她叹了口气，“想到桌子上的果酱，想到放在邻居家的奶牛，还有在波特兰埋头吃草的查理，我就觉得不行。”

“别担心这些了。”他安慰道。

“非要让我去的话，这船得改一个更像基督徒的名字。”

她坚定地说道。

“他们说给船改名字不好。”船长对她说,“倒不是我迷信,是那些船员讲究这些，我总得顺着他们。”

可他的妻子在这一点上毫不让步。

“我不管什么船员不船员的,”她说,“一条起了异教徒名字的船，我可半步也不会踏上去。”

于是船长说他去想想办法。第二天早饭时间，一切就都定好了，我们这就要出发了。

这一天大部分时间我和菲比都是独自度过的，船长他们在忙着最后的采买，做出发前的最后准备。安迪吃过晚饭后露面了，是来帮两三个身强力壮的水手搬箱子，这让我们感到着实高兴。他穿上了普雷布尔船长给他新买的水手靴和水手外套，神气活现得很，好像一夜之间就长大了，对他的船舱服务生这个新角色相当看重。不过听起来，他不太欢迎我们上船。

“他们都说,船上不是女人该来的地方。”他对我们说,“再说，也没人喜欢你们来吃白食。”

“哼，我才不管他们说什么呢,”菲比用力地晃着脑袋告诉他,“我们去定了。今天早上爸爸说的，他是船长！”

我们去码头时太阳早就落山了，但是在摇曳的灯光和薄薄的秋日黄昏中，还能隐约看到那些轮船和桅杆的轮廓，还有水手和货箱的样子。

“就是她了！”船长忽然开口，指着码头边一个模糊的影子，“菲比，这就是你的新家，你肯定会喜欢的！”

我们像一个个包裹那样摇摇晃晃地上了船，头顶上高高的桅顶灯闪烁着白光，在黑暗中投下一个惨白的光圈。下面的吊索上绑着一把小椅子，一个男人正坐在上面，吹着口哨来来回回地拖着一把大刷子。

船长叫我们俯身去看他。“他叫吉姆，”他对妻子说，“正在执行你的指示。”见她愣愣地望着自己，他微笑着解释道，“他在给船油漆名字——这船从现在起就叫‘黛安娜－凯特’号了。希望你能跟这位古老的异教女神相处愉快，因为从现在开始，你们俩在船尾那儿差不多要一起亲密相处十一个月。”

就这样，我们的旅程开始了。

CHAPTER FOUR
第四章

我们出海了

那天晚上，我和菲比就在“黛安娜－凯特”号船尾一张特别滑的马鬃沙发上过了一夜。之后，他们会给菲比在船长的房间里安排一张适合她的小床铺。那天太匆忙了，我们的到来又是计划之外的，当时没有时间做别的，必须赶紧为起锚做准备。

“我打算四点起锚，”我听到普雷布尔船长对一个被安迪称为大副的人说，“好让潮汐助我们一臂之力。”

我对他的话记得如此清楚，是因为我当时觉得潮汐理所当然是乐于帮助我们的。如今想来，我对航海知识的了解真是少得有点可笑。

那天晚上菲比带着我在马鬃沙发上滑来滑去时，我听到了一些奇怪的声音：哐当哐当，嘎吱嘎吱。木头甲板上时不时有铁链哗哗地拖过，大靴子咚咚地走来走去。还有一些我不知道是在干什么的喊叫，一片热闹。这些声音在往后的几个月里将常伴我的左右。

第二天早晨，菲比带着我沿着船舱口那陡峭的楼梯爬上了甲板。我们看到“黛安娜－凯特”号正顺风而行，方形的风帆胀得满满的，船头在蓝绿色的巨大海浪中上下颠簸，那些碎浪我以前可从未见到过。

甲板猛地晃了一下，菲比一个没站稳差点滑倒。安迪对我们说：“哟，这可不算什么，等到了哈特勒斯角你再看吧。”

“小伙子，你对哈特勒斯角熟得很哪。”旁边传来一个低沉的声音，一个身穿洗得发白的蓝裤子和衬衫的大块头男人走到了我们身边，“快去厨房吧，你来这儿是干活的。快去。”

安迪这就匆匆地去了，消失在我们刚才上来的楼梯那里。不一会儿，咖啡的香气就和海风混合在一起了。大块头水手把菲比抱到木工台的一个座位上，这台子就在船的正中间，挨着桅杆之间的一个大坑，那大坑嵌在甲板上，是用砖砌成的。后来我才知道，这就是提炼鲸油的炼油炉。周围有好几个人在干活，都跟这个水手一样又黑又壮。

“呀，我们船上来了几位女士啊，比尔？”一个人和我们打着招呼，冲菲比会心地眨了眨眼，手里灵巧地打着绳结，“这下我们说话可得注意礼貌了。”

他们给菲比量了尺寸，要做一张新床铺给她睡觉。一个名叫以礼亚、昵称是礼亚的水手，还答应给我做一张吊床。这些水手乐观而友善。海上强烈的阳光照得人如此舒服，大风吹过，船帆胀得鼓鼓的，和帆影交相辉映着。我望着外面一望无际的碧浪，心中只有喜悦，没有一丝告别波士顿的不舍。

开头几天菲比有点晕船，其余人都没事。安迪唱着歌吹着口哨，跳着水手们教他的号笛舞。就连普雷布尔太太也习惯了那狭小的厨房，做了一大堆糖蜜饼干，足够大家吃个饱。在那个年代，在捕鲸船或者说任何一艘船上，这都是不可多得的美味。

大家都对我们很照顾，只有一两个人还是时不时地嘟囔，说船上有女人就不吉利之类的话。事实上，我和菲比与船上的各色人等相处甚佳，普雷布尔太太都抱怨等回家的时候菲比就要野得不像样子了。而礼亚和他的哥们儿鲁本·索姆斯，则说我肯定会给这趟出行带来好运，这让我觉得自己的地位非同一般。这是菲比告诉他们我是用花楸木做的之后，他们这样说的。

“嘿，瞧，她可不就跟我们的老黛安娜一样棒么。”鲁本说着，指指船头斜桅下刻着的那个头像。

说实话，我有点害怕，生怕他也打算把我钉到那儿去，在那里忍受风吹浪打。我可不羡慕那位可怜的女士，我得到的优待已经足够让我感激不尽了，尤其是礼亚给我做的那个小吊床。我还收到了其他的礼物。这些人总是很擅长用零碎的绳子、木片和小木块什么的做点小东西。他们比赛给我做东西，没过几个星期，除了睡觉的吊床，我就又有了一只木头篮子、一只骨雕脚凳和一个能装下我所有东西的水手箱子。这最后一件礼物是比尔·巴克尔给我做的，他费了好大的心思，做得尽善尽美。箱子上涂了明亮的蓝色油漆，两边用绳子做了提手，箱盖上还用亮晶晶的钉子拼出了我名字的首字母 H 和 P。那天可是我的大日子，菲比高兴得满船跑，到处给人看这东西，还差点爬上乌鸦窝去给瞭望员看看，幸好被她爸爸给拦住了。

乍一听到“乌鸦窝”这个词，我陷入了深深的沮丧之中。

他给我做了一个水手箱子，装我所有的东西

在那棵老松树上的痛苦经历我仍然记忆犹新，实在不愿再重温一遍。但我很快就发现自己误会这个词的意思了，它其实指的是那个小小的黑色瞭望台。后来，看那些人轮流沿着绳梯爬上桅杆顶部那小小的黑色瞭望台去找鲸鱼，变成了我最大的乐趣之一。不过找鲸鱼一说是我有点心急了，因为要过了合恩角，往南边的海域开去，我们的捕鲸之旅才算是真正开始。

天气通常都是那么温和宜人，清新的海风徐徐拂过，第一个月的航程一切顺利。包括安迪在内，水手们轮流在普雷布尔太太的小厨房里打下手，去照看水壶盖——他们用水手行话这么形容。普雷布尔太太也渐渐习惯了船上的生活。件件事都还算称心的时候，我们还听到她说，除了没有邻居傍晚来串串门，没有上好的水池来洗盘子，没有一头奶牛来挤奶，这船上的生活还是比世界上许多地方都要好得多了。当然了，还有其他的时候，比如说星期日，想起我们现在离集会山的教堂有多远的时候，她就要叹起气来了。这时她就把安迪和菲比叫到跟前来，叫他们背诵《十诫》和《诗篇》。

比尔·巴克尔成了我们时常玩耍的伙伴。我们已经混得很熟了，他不仅把自己的折叠刀借给安迪，还给我们看他身上各种好看的文身。船上几乎所有的男人都有文身，可没有一个人的有他的这么精美。他一条胳膊上文了绿色的美人鱼和海蛇，另一条胳膊上文了蓝色的船锚和鲸，整个胸口被一艘扬帆的三色快帆船给填满了。安迪很是羡慕这些文身，可一听比尔说到文这些花了多少钱，他就泄气了。不过比尔同意一有机会就在安迪的胸口给他文上名字的首字母。菲比有点不甘心，吵着也要给我文一个。我吓了一大跳！谢天谢地，比尔救了我，他说他不给女士文身。好比尔，想到这里，我的眼前便浮现出他粗大的棕色手指、短短的黑胡茬，和他望向大海的时候眯成一条缝隙的淡蓝色眼睛。

我们的另一个好朋友是杰瑞米·福尔格，他来自南塔克特。据他自己说，他年轻时曾从横桅杆臂上掉下来，因此摔成了这样的驼背。他的身材让他在船上显得很特别，但一点也不妨碍他做事。事实上，普雷布尔船长很为自己拥有杰瑞米这个水手而骄傲，因为杰瑞米是远近闻名的好投叉手之一，眼尖手稳，投得又好又准。传言说，即使在九英里之外有条鲸鱼从水里喷水——或是用他们的行话说叫“吐气”——他都能看得到。安迪和菲比对此深信不疑。杰瑞米没有像其他人那样留着胡子，那头稻草般的金发也被经年的海风漂成了白色，这使得他的样子更显老。到现在，我也没搞清楚那会儿他到底是二十岁还是七十岁。

有天晚上，我听到普雷布尔船长对他妻子说，现在他只有一个烦恼，那就是一切都似乎太过顺利。我已经记不清那是哪一天了，在船上，每天面对的是同样的碧海蓝天，腥咸的海风，一天天分不清有什么区别。后来，当我们绕过那个传说中的神秘的合恩角不久，“黛安娜－凯特”号遇上了一段坏天气。一天，快到傍晚的时候，海上风暴骤起，我们根本没时间去固定船帆、盖上舱口盖。不再有大白天甲板上懒洋洋的神侃时光了，整整两天两夜都只有海水肆意地冲撞、掀动着船身，把船撞得东倒西歪，简直没法用语言来形容。比起这个，老松树上乌鸦窝里的那点摇晃和吵闹，就算不上什么了。

“凯特，你待在下面别上去。”船长对妻子说。临上甲板前，他又巡视了一遍船舱，看看是不是所有的东西都绑紧了。“在海上航行不会天天都是风平浪静，比这还恶劣的天气我也碰到过。现在，我要顶风停船，光杆不起帆。”

“好吧，达尼尔，那你再多穿双袜子，把围巾再拉高一点。”普雷布尔太太就说了这么一句，可看得出来她很担心。

“爸爸说光杆不起帆是什么意思？”菲比好奇地问。

“意思是说，他要把帆全部收起来。”安迪回答，“我上去看看吧。”

“你不能上去！”普雷布尔太太生气地说，“只有水手才能在甲板上站得住，你一上去，大浪就把你卷跑了。你跟我去厨房，帮我烧火，我们来煮点热汤。管他们以前有什么规矩，今晚他们得一人喝一碗热汤下去。”

还远远没到睡觉的时间，菲比的妈妈就把我们抱上了床，还用一条旧法兰绒把我们紧紧地绑在了床上。菲比不乐意了。

“你可不能再从床上掉下去摔断了骨头，”她妈妈说，“我们的麻烦已经够多的了。”

我们就这样躺在床上，听着外面一片喧闹，根本睡不着觉。我们睡的船舱外面就是主舱，挂着一盏昏暗的油灯。随着船的摇摆，灯猛烈地晃动个不停，往舱里投下一些奇奇怪怪的影子。菲比吓得哭了起来。一片混乱中，谁也没有听到她的哭声，或者说即使听到了也没人有空来哄她。最后她紧紧地抱住了我，把头埋进毯子里。

“噢，希蒂，”她悄悄地对我说，“我没想到坐船出海是这样的，你也没想到吧？”

时间仿佛停滞在了夜晚，白天似乎永远也不会来临了。但好不容易天亮了之后，情况却一点也没好转。甲板下面的船舱和昨天夜里一样昏暗嘈杂。更让人不舒服的是，每打开一次舱口盖，海水就涌进来一些。哪怕不打开舱盖，也时不时会有个巨浪扑上船头，成吨的咸水一下子冲到甲板上，然后顺着地板渗下来。眼看着船舱里的水已经有几英寸深了，普雷布尔太太仍拼命想要保住灶膛里的火。

普雷布尔船长偶尔下来船舱一次，他对妻子说：“你最好像菲比那样待在床上。我本来想派个人下来帮你，可是实在腾不出人手来了。船的前甲板漏水了，光在那里舀水就要有四个人。”

“天哪，达尼尔！”我听到普雷布尔太太大喊，“有这么糟了？”

“嗯，眼下是称不上有多好了。”普雷布尔船长站在舱门口，大口喝着太太给他端过来的锡杯里的热茶，“问题是，只要风暴不停，我们就不能修补船上的漏洞。能熬过这一关我们就能很快把它搞定。”

我不记得那天是怎么度过的了，只记得每次海浪把“黛安娜－凯特”号掀进谷底的时候，我都以为我们肯定要跟着她葬身大海了。每当船身升起，船上的梁柱像抖筛子一般乱颤，我都以为是最后一次了，结果船再一次从浪尖上落下，让我觉得好像我们再也上不来了。

周围越来越吵，甲板上的人扯着嗓子也听不清楚彼此在喊什么。海浪猛烈地撞击着船舷，发出巨大的轰鸣，海风鬼哭狼嚎般地掠过桅杆，誓要把它们折断不可。第二天夜里，风暴愈加猛烈，并且发生了一个意外，差点把我们的命都给送了。

当时，由于漏水和前舱船舷受到的巨大冲击，船头有一部分已经浸在水里了。平时在这里休息的船员，只能抓紧时间到舱里去打个盹，眯一会儿。整艘船上找不到一块干燥的地方，不过在甲板上和暴风雨的搏斗已经让他们浑身湿透了，船舱里这几寸深的水，对他们来说就根本不算什么了。有一两次，我看到了杰瑞米、比尔和其他我们平时熟悉的朋友。他们浑身是水，筋疲力尽，都无暇冲我们点点头或笑一笑了。跟你说吧，这可不是寒暄的时候。

舱里有几个船员正聚在那儿拧干他们那湿透了的夹克，这时，突然刮来一阵强风。我们能感觉到“黛安娜－凯特”

号在这阵强风的袭击下瑟瑟发抖，接着就响起了一阵叫人恐惧的断裂声。即使现在身处这安静的古董店中，一想起那断裂声，我仍然不寒而栗。随即甲板上又传来急促的脚步声、接连的断裂声以及普雷布尔船长发号施令的吼声。在那阵喧嚷里，船长的声音听起来比蟋蟀的叫唤也大不了多少。

“小伙子们，快把它砍断，”他喊，“快砍——中帆和它上面的桅杆，砍掉！”

我看到正在舱里休息的三个船员跳起身来，挣扎着冲上了升降口的楼梯。借着那盏摇摇晃晃的油灯昏暗的光，我看见普雷布尔太太的脸色一下子变得煞白。她从我们下铺猛地跳起来，一只手搂住菲比，一只手抓紧了床柱以免摔倒。

“妈妈，怎么了？我们要沉下去了吗？”看到妈妈脸上惊恐的表情，菲比哭了起来。

“不会的，你爸爸会搞定的。”妈妈回答，可她的眼睛瞪得好大，都没有发觉脚下的水已经淹到了脚脖子。

“我相信船不会沉——只要希蒂在，船就不会沉。”菲比提醒她说，“她是用花楸木做的，你知道，花楸木代表好运气。”

她妈妈太紧张了，根本没听见她说了什么，自然也没有责备她。

仿佛过了好长时间，甲板上才终于安静下来，船员们回到了下面的船舱中。普雷布尔船长也下来了一会儿，给太太报平安。从他口中我们才得知，原来中桅被吹断了，水手们只得爬上去砍断它，中桅、帆桁上端，天知道还有些别的什么东西，都通通砍掉了。

“是的，”他说着抖掉胡子和眉毛上的水珠，“桅杆都跑船舷外面去了，还好我们没跟着翻过去。”

“噢，达尼尔，”他的妻子喊道，“我给你换件干衬衫吧。”

可她还没走到箱子那里，船长就走出了船舱。

又过了一会儿，安迪来找我们了。他一直跟水手们待在一起，听到了不少消息。他爬到我们的床铺上，盘腿坐在床尾，把他知道的事情一五一十地讲给菲比听。

“那时，大家都觉得要完蛋了。”他说，“比尔·巴克尔说，照他看再过五分钟，我们就要到海里跟鱼虾做伴了。幸亏杰瑞米和礼亚手脚快，爬上去把桅杆啊帆啊什么的都砍断了。船长知道这是唯一的办法了，老帕奇却气得发疯，他就是不让砍。”

帕奇是船上的大副，头发枯黄枯黄的，有点耸肩驼背。自从我们上了船，他对我们就爱答不理，碰到最多打个招呼。我一直不喜欢他，现在，更加相信他没安什么好心了。

“他一直不同意让女人上船。”安迪接着说，“他们说，他想尽了办法不让你们上来，但是船长比他大，没办法。现在，他又在说这都让他说中了，我们遭到这次噩运都是因为把你们带上了船。比尔·巴克尔不买他的账，可他说船上有些人信他这一套，他也没说是谁。”

CHAPTER FIVE

第五章

我们捕到了鲸鱼

哎，总算雨过天晴了，大海比我以往或今后任何时候见到的都要湛蓝明澈。现在，我们已经在南部海域了，正向着水手们一致认定的最佳捕鲸区进发。在这一望无际的大海上，我可就分辨不出哪里是哪里了。经历了这一番风雨，“黛安娜－凯特”号好似又恢复了往日的神采。漏水的前舱补好了，新的中桅竖起来了，新的中帆也装上了。船身从头到尾都整修了一番，还刷上了一层新油漆，铁件都上了油，鱼叉磨好了，绳子上涂满了焦油，大家已经做好了捕捉鲸鱼的一切准备，就等着瞭望台上发出看见鲸鱼喷水的第一声叫喊了。

也就是在这个时候，菲比·普雷布尔也像这艘船一样进行了一番大修。天气越来越热了，她脱掉了羊毛衫还不够，又接连脱掉了羊毛套裙、毛线袜、法兰绒裙子，最后连卷发都剪掉了。剪发那天举行了一个隆重的仪式，负责剪发的是礼亚，他包揽船上的一切理发事务。几乎所有的船员都围在菲比坐着的木桶旁边，监督礼亚的工作。礼亚使起剪刀来跟他用别的工具一样灵巧。等他剪完了，菲比的妈妈一看，差点没哭出来。

“带她出海就是这个结果，”她痛心地说，“跟刚到船上时比，简直就是两个人了。”

还有那晒黑的脸蛋儿和附送的雀斑呢。菲比的爸爸没法反驳她，看到他妻子直摇头，他只是哈哈一笑。

“最好别管它，把船装满鲸鱼油才是正经事。”他告诉她说，“她现在最需要一条马裤。我叫吉姆给她裁一条吧，就拿一条安迪的旧本色布裤子来改改。我们这次要有几个月不靠岸了，谁还在乎她是什么样子！”

于是，不顾普雷布尔太太的反对，马裤做好了。

我得承认，第一次看到菲比穿上裤子，我心里还有点担心，怕她会从此不再喜欢玩具娃娃。还好，她还像从前一样离不开我，到哪儿都带着我。我也因此对鲸鱼做到了了如指掌，这可是一项没几个玩具娃娃能有的吹牛的谈资。如今，我坐在古董店里，看到挂在墙上的那张捕鲸图片，就会想起当年的捕鲸场面，似乎觉得很奇特。每次总是先从高高的瞭望台上传来一声兴奋的喊叫:“有鲸鱼喷水啦！”或者仅仅喊道“喷——水——啦”，紧接着“黛安娜－凯特”号上就忙成一团。我们的任务是尽可能地靠近最后看到鲸鱼喷出水柱的地方，与此同时，所有的小艇都做好了准备，只待船长一发出下艇捕鲸的命令，就从大船上放下水去围捕鲸鱼。有时候会放五艘，一般是三艘。小艇上的人拼命划桨，全速靠近海上那座灰沉沉的小山。它看起来真像家乡的哈克贝里山，只不过时隐时现，一会儿在这里，过一会儿又出现在另一个完全不同的方位上。

杰瑞米·福尔格是第一投叉手，没人敢和他争头功。他要往这个庞然大物身上投好几支铁叉，鲸鱼发怒的时候，会用尾巴掀起巨浪，他孤身一人，随时有翻船落海的危险。“黛安娜－凯特”号这次发现的是一头体型巨大的抹香鲸，足以让任何捕鲸人垂涎。为了各自的那份鲸油，水手们个个摩拳擦掌，誓不放过这头鲸。菲比、安迪和我看着他们放下小艇，迅速朝鲸鱼划去，只只小艇后面都泛起一串白浪。三艘小艇上各有五名水手，他们划桨的动作整齐划一。小艇迎着海上的烈日飞速远离主船。

“小伙子们，鲸油好运到！”望着他们的背影，普雷布尔船长大喊。

我，一个小小的木头娃娃，怎么能够讲清楚这一连串的事情呢？他们的小船看起来比豌豆壳也大不了多少，划开水面朝着那灰沉沉的、大山似的家伙而去。那家伙在水里神出鬼没，还不时地向天空喷出高高的幽灵般的水柱。我至今仍不相信那是我亲眼看到的场景，可我知道那的确是真的。幸运的是，在与船员们的搏斗中，鲸鱼在水里绕了一个大圈，转到了我们这边，所以我们得以看到了追捕的大部分过程。安迪紧贴在船舷边的矮栏杆上，手搭在额前，竭力想看清楚小艇上的人影都是谁。

“在那里！”他兴奋地喊道，菲比顺着他手指的方向看去，激动得差点松开了抓住我的手，把我扔到船舷外面。“瞧那个白色水柱，又在喷水了！杰瑞米的船在最前面，那是他的红白衬衫，我认得。”

“在哪儿？”菲比在他身边又蹦又跳的，手里牢牢地抓着我。

“看，就在那儿，在船头上。快看，他就要投叉了！”

正在划动的桨突然停在半空，在那座闪着亮光的黑山之下，小艇似乎就要消失了。

那一刻，我的脑海里突然痛苦地闪现出插图版《圣经》中的那幅画，就是菲比把我落在教堂的时候，我所面对的那一幅。不知何故，我之前从来没有把那幅画上的海怪同我们要捕的鲸鱼联系起来，现在我知道了，它们就是同一样东西。我似乎看到可怜的杰瑞米，而不是书里那个人，掉进了那可怕的深渊巨口之中。

然而接下来安迪兴高采烈地尖叫道，杰瑞米叉中了那头鲸鱼。

“现在他们要玩‘楠塔克特滑雪橇’了。”他对菲比说，“这是水手们的说法，”他解释道，“意思是一旦鱼叉牢牢地叉在鲸鱼身上，他们就可以放出绳索跟着鲸鱼跑了。”

“可我看不见鲸鱼在哪儿了。”菲比抗议道。

“一会儿就又上来了。”安迪向她保证，“已经被叉成这样，它跑不远了。”

的确如此。没一会儿工夫，那座黑色的小山就又出现在水面上。这一回，它拼命挣扎，想要甩掉身上的束缚，那巨大的侧身在太阳下闪闪发光。它不停地喷水、摇摆、扭动，在周围搅起一圈圈白色的漩涡。我都不知道它把船拽出多远，或冲进水里多少次，又浮上来翻滚了多少回。反正最后，白色的水沫里中浮现出鲜红的血缕，“黛安娜－凯特”号上围观的人群中爆发出一阵欢呼：

“鲸鱼不行了，就要完蛋了。”

是的，没过多久，水花就渐渐小了，最后平静下来。鲸鱼庞大的身躯一点点浮上了水面，又慢慢地翻转过来，直到清楚地露出一尾锋利的黑鳍。船上的人又发出了一阵欢呼，小艇上也接连传来了欢呼声。

“很好，逮住它了。”普雷布尔船长回过头来，满意地对妻子说，“能不能在你的那条食物生产线上，准备一点特别的东西给我们庆祝一下呀？”

第二天，他们开始切割鲸鱼，我也因此对鲸鱼有了更深入的了解。即使现在已经过去了这么多年，我仍然记得它整副身躯摊开在船上的情形。第一次围捕之后的那个早上，菲比带我来到甲板上的时候，船员们正在准备一个升降台，他们带着钩子刀子，还有别的一些我瞧着就害怕的锋利刀具站到台子上，用绳子和各种各样的链子把鲸鱼吊了起来。接着，他们把脂肪一条一条地从鲸鱼身上片下来，就像削苹果一样。但是鲸鱼毕竟不是苹果，等片好的肉堆上平台等待炼油的时候，鲸油已经在甲板上流得到处都是了。我开始操心，这样下去还能剩多少油装进桶里。可是除了普雷布尔太太，好像没有人在意这满甲板的鲸油。她说，她一辈子没闻过这么重的味儿，也没见过这么油腻的地方。船员们只是大笑，他们说这个就是“鲸油运”。他们各有分工，有的负责把鲸鱼吊起来切割，有的负责把割下来的脂肪条切碎放进炼油锅里，有的负责撇出锅里的油渣来做燃料，保证火日日夜夜烧得旺旺的。

白天，炼油锅里冒出的黑烟冉冉上升，在我们的头上形成了一把奇怪的黑伞；到了晚上，炼油炉里闪着熊熊的火光，这让船上显得愈加油腻和闷热。船员们没日没夜地干活，中间只轮换着休息几个小时。

“要赶快把这头鲸鱼搞定，好出发去逮下一头。”几天以后，普雷布尔船长到舱里来吃晚饭的时候说道。由于一直在忙着切割鲸鱼，他的手累得几乎拿不住刀叉。

就连安迪也被叫去做切肉和搬运的工作。他趾高气扬地去了，和别人一样脱光了上衣，把裤腿卷到了膝盖上。有时候，他的脸被烟熏得乌黑，脸上那对蓝眼睛便显得尤其怪异，再加上他那头红发，就更奇怪了。他们不准我和菲比靠近作业区，普雷布尔船长尤其坚决。

“别在这里碍事，会烫伤的。”他说。

于是我们就站在几码外的一个大桶上，既不会靠得太近，又能看清楚他们干活。离得没那么近，我松了一口气，我可不想一不小心滑进去，和鲸鱼脂肪一块儿下到油锅里去炼一炼。

这头鲸鱼刚刚炼完，他们就出发去捕猎下一头。有时候，如果发现一群鲸鱼，他们就会一次猎杀几头，拖在船后。灰黑色的鲸鱼背上插着鱼叉，上面绑着我们船上的旗号，表明它们是我们的财产。看见船尾拖着这些，那感觉真是奇特。此时，还有几艘捕鲸船也来到了这片水域，尽管相隔几英里远，船与船之间还是展开了激烈的竞争。我们这艘船上的人开始谈论要去别的船上“联谊”。这个词现在已经没人说了，在那时，航海的人们却常用这个词，意思是指海上船只之间的社交串访。船员们都很想去，可普雷布尔船长坚持要大家先把船上的鲸鱼切完。有的人对此有怨言，帕奇则脸色铁青，居然觉得自己是老大，而不是老二。他不当班的时候，常常和几个船员在一块儿叽咕。从他脸上的表情看，说的准不是什么好事。

不巧的是，我们最后一条鲸鱼才切了三分之一，原本想去串门的那艘船，没打招呼就开走了。为此船长和大副起了争执，船员们很快分成了两派，各自支持一边。帕奇认为船员有权请假去别的船上访问；那些支持船长的人则说，现在停下活去串门，不仅浪费时间，还会损失鲸脂，最后会搞得大家的分成也少。船长淡定地履行着自己的职责，好像什么反常的事也没有发生。但是他晚上回到自己的舱中以后，我听到了他和妻子的对话。

“这是我最后一次雇帕奇当大副出海。”他对她说，“别人给他写的推荐信说他多好多好，我当时还觉得雇他出海很幸运，而且给他在船上承担的职责比别的申请者都多，可最近他的表现真是让人讨厌。”

“嗯，达尼尔，我一点也不奇怪，”普雷布尔太太回答，“当初一看到他那双狡猾奸诈的眼睛，我就知道会是这样。不过毕竟是你当船长，是你挑人。”

“他的能力还行，”船长继续说道，“他对业务挺在行的，这我没话说。我现在只想着捕到最后一头鲸鱼，装满了油桶就赶快回家。”

“我可没这么乐观。”他妻子叹了口气说。

不过在甲板上时，船长还是一如既往，没人能看出来他

心里的一丁点想法。

普雷布尔太太在厨房里尽心尽力，她把盛糖和糖蜜的桶刮得干干净净，保证曲奇和姜饼的充足供应，并且随时都准备着为船员们煎炸他们打捞上来的鲜鱼。最后，我们终于捕到了最后一头也是最好的一头抹香鲸。所有的小艇都放下去了，有两艘小艇几乎同时到了它的身边。这时出了点岔子，发下去的命令这两艘艇上的人都没遵守,至少后来我们在“黛安娜－凯特”号上是这么听说的。总之，他们是要争谁投中了第一叉，是杰瑞米还是别人。因为谁第一个叉住了鲸鱼，谁就能多分到一份鲸油。大家开始分帮结派，忙于吵架而无心干活。普雷布尔船长听说了之后，宣布他们两边都得不到额外的那份，这下更加剧了他们的不满。

尽管气氛不太愉快，却没有人料到致命的危险就在眼前。尤其是，我已经把这个木头和帆布组成的世界，看成了和普雷布尔农场一样安全的家了。

我想那应该是在午夜发生的，因为从甲板上传来尖叫声和光着脚丫的跑步声时，外面还是一片漆黑。几乎同时，我们听到了一声大喊:“所有的人都到甲板上来。”船上一定是发生了什么非比寻常的事情。可在这平静的热带洋面上，我想象不出能发生什么不同寻常的事。菲比醒了，也要上去。可她妈妈不让，说她上去只会碍事，爸爸一有时间就会下来找她们的。就这样，我们三个坐在一片闷热的黑暗中，屏住呼吸等待着。

很快普雷布尔船长就出现在门口，他的双眼通红，噙满泪水。

“达尼尔，出什么事了！”普雷布尔太太叫道。

“船着火了。”他尽量平静地回答，“八成是从下面的鲸油舱里烧起来的，天知道是怎么着的。恐怕火势要蔓延了，我们在尽力扑救。”

“现在怎么样了？”

“中部和前部已经烧着了，一时半会儿还烧不到这里。我们把湿帆布盖到了火上，希望能把火闷灭。不过看这势头，难说了。”

“船上还装满了鲸油……”普雷布尔太太一下子抓住了船长，好像突然变成了一个只有菲比那么大的小女孩，“噢，达尼尔，还有救吗？”

“嗯，不到万不得已我们决不放弃。”船长回答说，“不到最后一刻，我绝不离开这条船。但是，最坏最坏的情况下，我们还是要坐上救生艇逃生。凯特，现在找不到比这里更安全的地方了，别吓得到处乱跑。”

“谁告诉你我要乱跑了？”她一下子又变回了自己，“菲比和我会随时准备好，等着你发话。”

“最好先收拾收拾东西，”船长提醒她，“你和菲比用得着的东西，以防……”他没有再说下去，转身走了。虽然油灯昏暗，我仍能看到他日晒烟熏的脸上那一片憔悴和惨白，然而他还是挺起胸膛走上了甲板。接着，我们就听到了他在上面大声发号施令，随后是船员们听着号令急促奔跑的声音。

菲比和妈妈开始穿上衣服，收拾东西。普雷布尔太太镇静地在箱子和床铺之间走来走去，把东西系好又系好，打着紧绷绷的包裹。菲比也学着妈妈的样子，把我的东西——蓝色水手箱、骨头雕成的脚凳和我的小吊床，都收进一个篮子里。然后她给我穿好衣服，把我放在这些东西旁边。她一边收拾，一边没完没了地问问题：“妈妈，是不是船要烧沉了？小艇上坐不坐得下这么多人？离开大船还能去哪儿？妈妈你觉得是不是有人故意在鲸油舱里放火……”所有的问题，妈妈的回答一律是我也不知道。

过了一会儿安迪来了，他也没有什么乐观的进展通报。尽管大家全力扑救，火势还是蔓延开了，盖在火上的湿帆布只是压出了一阵呛人的浓烟，一转眼，火又在别处着了起来。

“他们都说这船没救了。”安迪宣告，“现在的问题只是，我们还能在船上待多长时间，还能不能把它开到一个容易获救的地方。老帕奇觉得自己比船长更懂行，有些人站在他那边。”

普雷布尔太太一言不发，听他说完，又继续收拾东西。

“拿着这个包，”她对安迪说，“跟我走。菲比，你也拿上自己的东西。要是有什么麻烦，我可不想困在这下面。”

到了甲板上，我看到船长和帕奇手里拿着海图和地图，正在驾驶室边上争论，身边围着水手们。我们站在楼梯口听他们说话，菲比挎着她的篮子，我躺在篮子里，能清楚地看见天空、大海和熟悉的人影。当时，天边露出了一抹淡淡的粉红色，热带的星空在头顶闪着清晰惨白的光芒。几颗靠近地平线的星星在海面上映出了一条条白光，水面毫无波纹，“黛安娜－凯特”号几乎一动不动。没有风，帆张不起来。看不见火焰，因为上面还盖着湿帆布，然而甲板中间冒出来的缕缕浓烟，朝着炼油炉那边一直滚去，呛人的浓烟熏得人们眼泪直流。我再次发现做木头娃娃的好处了。

我记不清船长和帕奇都说了些什么了。说实话，他们两人说的话我也基本听不懂，只能从表情和语气上推断他们吵得很厉害。显然，弃船而走是早晚的事，所以现在的问题是要把船驾驶到什么地方，我们才最有可能被过往的船只搭救。帕奇说了一个方向，船长却同样坚定地要走相反的方向。几乎所有的船员都站在了帕奇那一边，他们说既然已经到了最后关头，他们也有权利参与进来决定自己的命运。但普雷布尔船长不是个会轻易放弃的人，另外，他坚持认为在船上坚守的时间越长，获救的希望就越大，或者还可以把船开到他在地图上发现的某个小岛上去。而帕奇宣称他发现的小岛更好，他越说越激动，声称船长这么做等于谋害大家，他绝不会跟着他自寻死路。水手们也嘀咕开了，脸色一个比一个难看，局势越来越难以控制了，有几个人已经开始拒绝服从船长的命令。时间在流逝，争执浪费了大把做事的时间。烟雾越来越大，越来越浓，安迪开始抱怨甲板烫着了他的光脚板。普雷布尔太太紧紧地抓住菲比的手，眼睛一眨不眨地盯着丈夫的脸。

突然间，我看到船长折起了手里的地图，平静地将它放进胸前的口袋里，然后又转头看着帕奇。

“走你的路去吧。”他的声音很奇怪，我几乎听不出来那是他说的，“把小艇放下去逃命吧，你们所有的混蛋。我宁愿和我的人沉到水里去，也不想和你们这帮混账待在一块儿了。坐上小艇走吧，越快越好。”

“噢，达尼尔，”我听到普雷布尔太太低声说，“你在说什么呀！”

然而她没叫出来，只是默默地站在那里，看着帕奇和那些船员急匆匆地去放小艇。

“和我一起留下来，凯特。”我听见船长命令道，仿佛把家人也当成了船员，“安迪、菲比，你们也是。不管发生什么事，你们都不要动。”

我们一小撮人站在驾驶室旁边，周围都是跑来跑去要逃命的人。但并非是全部水手，杰瑞米、鲁本和比尔站在船长这边。

“船长，我们跟你在一起。”他们说，“只要横梁不断，我们就不下船。”

火球般的太阳升上了海面，到那五艘小艇放下去的时候，它已经高挂在天上了。这一次，大船上没有人为小艇欢呼了，小艇上也没有回应，我们默默看着他们把船划走了。普雷布尔太太的嘴唇颤动着，很像菲比要哭时的样子。小艇上的人张起了小小的帆，在无垠的碧波上，就像是几张白白的三角纸片。

我永远也忘不了那个场面，忘不了当时所看到的那一幕幕，船员们那冷漠的表情。他们甚至连头也没回就走了，而之前他们中的很多人都是我们和气友善的朋友。我常常想起他们，不知道他们后来怎么样了——是过得比我们好，还是像船长认为的那样，遭到了不幸？

世界上没有一支笔——更别说是我这个木头娃娃手中的笔了——能描述出，接下来的几个小时我们是怎样过来的，或者讲清楚，我们是怎样等在别人在船尾搭建的简易帆布帐篷里面躲避滚滚而来的浓烟和热浪的。同时，船长和三个水手用尽全力驾驶着“黛安娜－凯特”号往西南方向，也就是船长所说的那个岛屿开去。要让一艘着了火的船漂在水面上不沉并不是一件容易的事，更别说还要让她保持航向。普雷布尔船长和水手们使出了浑身解数，可到了最后，就连他们也放弃了。

“凯特，你和菲比做好准备。”船长的脸上全是烟灰和汗水，“船尾还有几艘小船，比尔正在下面的舱里把他们给我们剩下的水和吃的都拿上来。”

他们在船舷边放下了一架绳梯，杰瑞米翻过船头爬上去，绳梯晃得怕人。

“天哪！”菲比的妈妈灰心地说，“这我可爬不下去。”

一时间，比起船上的火来，她似乎更害怕爬下绳梯。她看了看那艘还没有放下去的小船，意图拖一时算一时，但是杰瑞米告诉她，最好还是坐那艘稍微大一点的船，会比较舒服。

“你抓住我，太太，”杰瑞米说，“我帮你翻过船的护栏。提起衬裙，这会儿可别管什么风度啦。”

船长也过来给她加油，于是她从船的护栏翻了过去，倒着手往下爬，杰瑞米先下去以防她脱手掉下水去。

安迪和比尔从舱里拿了几桶淡水和食物上来，和已经放到小船上的东西放在了一起。船长拿了他的小罗盘、一盏灯、几样工具和他的航海日志。我从未见过他表情如此严肃。一缕青烟像刀疤一样划过他的脸颊，他的眼睛又红又肿。

“比尔，”他发出了最终的弃船令，“你和杰瑞米带着安迪和剩余物资坐第二艘船。鲁本和我负责照顾女士们。”即便是在这样的危急关头，听到我和普雷布尔太太、菲比分到了一组，我还是很高兴。“你们的船要跟紧我的船。”他又提醒他们，“要是我估计得没错，天黑之前，我们就能看到一座小岛了。”

听船长说话的工夫，菲比把我放进篮子里，又把篮子放在了一个装咸肉的大木桶上，想去找那块落下的鲸鱼骨雕。船长看见了，显然是怕她走近火线，急忙过去把她抱了回来，随即从船栏上递给杰瑞米，放上了小船。这一切发生得太快了，就是常言道的“一眨眼的工夫”，只不过在当时的“黛安娜－凯特”号上，人们连眨眼的心情都没有。没能跟菲比一块儿上船，我心里有点难过。不过，我又安慰自己，我被放在了装给养的木桶上，一定会被搬到另外一艘小船上去的。可我得承认，我等得很是焦躁不安，毕竟一切都已经差不多就绪了。我觉得好像一度听到了菲比的喊声，但是要么就是大家都在忙着放下第二艘小船，要么就是噪音太大没人听见她说的话。我知道她一定是在喊我，可这丝毫也没能让我觉得好过点。

我听到船长还在发号施令，接着比尔·巴克尔开始往第二艘小船上装东西了。我时刻盼望着快点轮到我这艘，可是下一个却总不是我。就在他要回来取放着我的那只桶和另外一只大桶时，下面的船上传来了喊声，让他快点下去，否则就来不及了。比人还高的火焰突然从炼油台的两边蹿了出来，旁边的桅杆霎时就被火缠绕了。不能再留在船上了，我眼睁睁地看着他们翻过船栏不见了——小船、船上的人、所有的一切，包括我获救的希望都随着他们一起不见了。

我简直不敢相信，自己竟然会遭遇这样的命运，就这样落在了一艘着了火的船上。可我眼看着那两艘小船已经划走了，我还能看清他们的身影——安迪穿着蓝衬衫，杰瑞米是红白格子衫，普雷布尔太太戴着她那顶灰色海狸系带帽，她舍不得把它扔下。有一刻，我确信我看见了菲比在用手指着这边，我知道她在找我，我的心里又升起了一线希望。但是小船仍然在向前划去。没过多大一会儿，船上的烟雾更浓更黑了，遮住了我的视线。这一下，我真觉得末日就要来临了，在炉煌的熊熊烈火中就算是花楸木，又有什么神力能幸免呢！

“黛安娜－凯特”号很快就烧成了一个大熔炉，船上的温度越来越高，火焰一眨眼的工夫就爬上了高高的桅杆，哪个船员也没有它那么好的身手。尽管很害怕，我还是注意到那些橘红色的火焰缠绕着的桅杆，和秋天波特兰路两边的大树一样明艳。比热浪更糟糕的，是船板爆裂的噼啪声和塌陷的轰鸣声。我听到下面横梁断裂的声音，那上好的结实木头断裂时发出的震动，一直传到我身上，让我整个身子骨都打起颤来。我也是木头做的，尽管雕出了形状并被打扮了一番，而这火是我们木头共同的敌人，我又怎么能逃得出它的魔掌！

我试着去想所有美好而凉爽的事物——普雷布尔家院子里那棵老松树上晶莹的雪花，繁花似锦的苹果树和丁香树，集会山的山顶。我想到了餐具架上那蓝白的瓷器，还有秋夜里蟋蟀唧唧的鸣叫。如今我真羡慕那些蟋蟀，冻死总比烧成灰要好。我真想翻过身去，不再去看那些一点点舔过来的火舌，可是菲比把我塞得太紧，我一动也不能动。

现在只有奇迹才能救我了。我对自己说。

我曾经听别人讲过这句话，然而奇迹似乎也不会来救我了。一个木头娃娃怎么会比一艘船运气好呢？然而，我毕竟是用花楸木做的，“黛安娜－凯特”号却不是。我只能靠这一点来安慰自己了。

就在我脸上的油彩快要烧着的时候，船体突然猛地倾斜了一下。我猜想可能是船底烧掉了一块。不管怎么说，船疯狂地倒向一边，我身下的那只木桶一下子歪倒了。我从篮子里飞了出来，滚过甲板，掉下船栏，像弹弓上的石子一样弹进了水里。

嗨，我记得掉进水中的那一刹那，我还在想，至少我不会给烧成灰了。对木头来说，水总比火要好吧。我还听说，盐是很好的防腐剂呢。

CHAPTER SIX

第六章

我与鱼虾为伴，与普雷布尔一家团聚

说到死亡，水手们总是说“去和鱼虾做伴了”。现在我总算有点明白这话的意思了，之前做到这一点的人可谓廖廖无几。一开始，情况还不算糟糕，我和船上的几块木板漂在一块儿。事实上，开头那段时间，我躺在一卷绳子上面漂着，还挺舒服的。后来一个大浪把我打得翻了一个身，就没有以前那么舒服了。但是一想到刚刚逃离了火海，我也没什么可抱怨的了。

如今，安详地坐在古董店里，回想起那时在海上漂浮的日日夜夜，我自己都难以想象，我竟然在热带的阳光和星光下，在腥咸的海水上漂了那么远，还时不时被那些颜色鲜艳的凶猛鱼类骚扰几口。不过它们很快就发现我是块不合口味的木头，也就放弃了。我自己倒时刻担心会碰到鲨鱼或是鲸鱼，被它们连海水一口吞到肚子里去。我还清楚地记得以前在家看到的那本《圣经》里的画面，我想既然一个人它都能吞下去，要吞个我还不是太容易了。好在冥冥之中上天又一次守护了我。

我想也许是我在水里泡的日子太久了，糊涂了，我已经不记得后来发生了什么，又经历了怎样的曲折，反正最后我和那些船上的残留物一起漂到了这个小岛上。接下来我就发现，自己躺在一处平静的水洼里。这个水洼是珊瑚礁上的一个深洞，各种各样色彩鲜艳的水草长在四周，像一条条长长的或翠绿或猩红的手臂，从礁石上垂下来，在清澈的水中漂动着。一些小小的贝壳类动物忙活着自己的营生，一只带刺的海星缠到了我的脚踝上，但我已经没有力气甩开它了。好不容易从海上漂到这里，我只想静静地躺一会儿。热带灼热的阳光照在我身上，我露出水面的部分很快就被晒干了，上面结着白花花的盐粒。

接下来的事简直让人难以置信。我听见附近有人说话的声音。一开始，我还以为是自己听错了，也许只是什么怪鸟在叫或是海浪在拍打礁石。可我又听到了那个声音，我熟悉的声音——是安迪和杰瑞米！我一边高兴一边又担心起来：

我漂在一处平静的水洼里

要是他们不往水洼这边走可怎么办？要是他们就这么走了，而我还要眼睁睁地躺在这里？天哪！我心想，要是我能喊出一声来该多好呀，就这么喊上一嗓子："喂，我在这里，带我去找菲比！"

嗯，你们猜对了，他们发现了我。要不然，我怎么会坐在这里写我的回忆录呢？

安迪惊喜地举着我跑了回去。普雷布尔船长他们见到我，都高兴坏了，都顾不上责问安迪怎么一只螃蟹也没抓回来了。

"这真是个奇迹！"普雷布尔太太大声惊叹道，菲比则紧紧地把我搂在怀里，"安迪，你在哪儿找到她的？"

"就在岸边的一个小水洼里。"安迪得意地说，"那儿还有些冲上来的木头什么的，杰瑞米正在那里捞呢。"

"哎哟，这个木头娃娃比我们谁都厉害。"普雷布尔船长说，"我们花了将近一天的时间，用了航海图、船舵外加四副船桨，才到了这里，而她全凭自己，一点没费神地就到了这儿。"

"噢，天哪。"我想，"他知道什么啊！"

"我想，她要不是用花楸木做的，可就回不来了。"菲比这样提醒大家。

这次，她妈妈没有责备她。

"真没想到见到她我会这么高兴。"普雷布尔太太说，"她让我振奋起来，让我觉得这个岛或许没有那么荒凉，或许有人会经过这里，把我们救走。”

“打起精神来，太太。”比尔·巴克尔插话道，“我就说这个木头娃娃会给我们带来好运气，现在我还要这么说，不管当着谁的面儿。”他边说，边用刀砍掉面前那些又湿又重的厚厚的藤蔓。

不过除了我们这几个人，也没有别人能听到他的话了。剩下的就是几只色彩鲜艳的鸟儿，还有几个长着长尾巴的棕色小动物，在我们头顶上叽里呱啦地说话。后来我才知道，这种长尾巴的动物叫猴子，在离开这个岛之前，我有大把的时间和它们相处。

“我看，她再也恢复不了以前的样子了。”鲁本仔仔细细地看了看我，伤心地说道，“从她的衣服和脸色来看，她这几天显然没过好！”

“我们也一样。”普雷布尔太太叹了口气说，又看了一眼她那顶挂在树枝上的湿漉漉的帽子。

菲比试着给我修补衣服。在酷热的阳光下，我的衣服和身体都干得很快，不过颜色也褪得厉害了。但是看到其他人的狼狈样儿，我的心情也就不那么糟糕了。

这个小岛就是普雷布尔船长说过的那群小岛中最外面的一个。它其实就是一块珊瑚礁，但礁上生长着茂密的草木，有棕榈树，还有其他我叫不上名字来的树；有粗大的藤蔓植物、巨大的羊齿类植物，还有被船长叫做木槿的开粉红色大花的植物。他们先是找到了两间废弃的茅屋，那是在地上用树干搭起架子，再用草和树叶搭建起来的。显然，这两间屋子已经建了有段时间了，屋上的叶子好些都变成棕色掉到了地上。但比尔等人立刻着手开始修补起这两间茅屋，补好漏风的地方，加固根基，以便让它们承受住热带地区随时会下起的暴雨。也幸好经常有雨，否则我们就没有淡水喝了。男人们已经把这个岛翻了个底朝天，都没有找到淡水。不过他们可以用桶接住雨水存起来，这样就不至于太久都没水喝了。大家节约着用每一滴淡水，洗漱都用海水。至于食物，我觉得吃得还算不错，因为树上结着各种各样的果子，更别说还有猴子们最爱的椰子了。普雷布尔太太不喜欢椰子，但是安迪和菲比吃腻了船上的饼干和咸肉，对椰子喜欢得不得了。看他们吃得这么香甜，我有生以来第一次觉得遗憾，我没办法像他们那样，尝上哪怕一小口那莹白的椰汁。

普雷布尔船长坚信在另外几个大一点的岛上，一定有土著居住，其中一个岛就模模糊糊地浮现在远处蓝色的海平面上。他说这些土著应该来过我们这个小岛几次，也许是来钓鱼，也许是来干点别的事，我们现在住的这些茅屋就是上次他们来时留下的。但他可不盼着这些人再来一次，他和那几个水手都认为这些土著不会表现得多友好。岛屿周边几乎没有什么船只经过的痕迹，那些来过的船也没对这一带说过什么好话。船长每天都用望远镜瞭望，想看看有没有船只或是任何什么动静，我们的小艇也随时做好了准备，一旦在地平线上发现一面风帆，就立刻起航。

我永远也忘不了在小茅屋中度过的第一个夜晚。四周是那么温暖，那么黑暗，有那么多陌生的声音，还有一些我从来没有闻到过的味道。透过茅屋上的缝隙可以看见星星。星星似乎给了普雷布尔船长一种安全感，他指点给他妻子看这是什么星，那是什么星。但他的妻子并没有从这些星星身上得到安慰。她说，这些星星的位置和她从前知道的正好相反，这只会让她更加觉得距离家乡已是万里之遥。

考虑到眼下的状况，她的表现已经出乎我的预料了。想想看，她刚离家的时候，以为不过是去趟波士顿，果冻都还放在厨房桌子上的玻璃盘子里，没有收起来。即使她有满腹的后悔和懊恼，我都不会责备她。然而她深深地爱着船长，能与他一起身处逆境，反倒增添了她的勇气和活力。

“不要紧，达尼尔。”有一天，我听到她这样对普雷布尔船长说。当时船长拿着小望远镜，刚从岸边观察情况回来，脸上的表情相当严肃。“我们到了这个地步，并不是你的错。我只是在想，要是这次我们还能回到缅因州，我一定要写一首可以和大卫的诗篇媲美的赞美诗，以感谢上帝。”

“是呀，我知道这个世界上快乐总是与痛苦相伴。”船长回答说，“可我还是要说，为什么要让我失去这艘船？为什么偏偏这次收获最大，却还是要失去？而且还有你和菲比在船上。不，我要说，有时候天意实在是难测呀。”

那是我听到船长嘴里说出来的最接近于抱怨的话了。在大家面前，他总是那么坚定和善，一如既往，甚至还会拿他们的食物和外表开开玩笑。日复一日，这两方面显然没有什么改善。不过，他仍然坚持在航海日志上做记录，尽管他说这该是大副的职责而不是他的。没有墨水没有笔，做了几次试验之后，他就用一根削尖的棍子蘸着一种紫黑色的浆果汁，凑合着写出一两行，好记住当天的日期。我记得他把这种墨水叫作“越橘墨水”。

日子一天天过去，我也不知道过了多久。有一天，船长通报说，他看见远处的岛上有烟。其他的人轮流用他的望远镜看，也证实了他的话，那边确实有烟。几天后的一个早上，船长和杰瑞米·福尔格从岸边飞跑回来，边跑边喊着有人正往我们这个岛上来。他们还不能确定来者是何人，但那些船看上去像是土著的平底船。总之，水面上终于有了人，正从远处的岛上冲着我们而来。船长把我们叫到一起，商量要是他们上岸来的话，我们该怎么办。菲比正在茅屋门口玩，比尔给了她一个漂亮的海螺壳，她拿来给我做了一间小房子。我们两个都听到了头顶上大人们的谈话，因此我记得很清楚。

水手们长满络腮胡子的黝黑的脸上写满了严肃，我感到有大事要发生，就像暴风雨来临之前的那种感觉。

“比尔，你说说看，这些土著对我们友好的可能性有多大？”船长问，“你跟土著打交道的经验比我们多。”

比尔表情严肃，若有所思地望着海面。

“嗯，”他终于开口说道，“这些人把船划到你的大船边，想用椰子跟你换刀、珠子和花布的时候，是一回事；当他们发现自己的人数是你的十倍，而你又没有他们想要的玩意儿，就又是另一回事了。所以，在这种他们很可能是食人族的地方，我是不赞成碰运气赌他们不是的。”

我看见船长皱起眉头，不安地朝他的妻子望了望。他妻子听到这些话，脸都吓白了。

“我倒不是说他们肯定会吃人，太太。”比尔赶紧安慰她说，“我的意思是大家要做好准备。”

这一点大伙儿都同意了，接着就开始制订计划，决定由杰瑞米和鲁本到海边去，先把我们的小船藏进他们发现的一个小山洞里，船长和比尔则留下来保护我们。安迪也想去海边，但是船长命令他待在原地。船长也给菲比下了一条命令：

“我让你做什么，你就得做什么，不管是什么事，明白吗？”

“明白了，爸爸。”菲比回答，“他们会不会像我们在波特兰集市上看到的印第安人那样，身上画满了图案？”

她这句话把大家都逗笑了，就连普雷布尔太太也忍不住笑起来。然后她让菲比带着我和她一块儿进了茅屋，并让安迪也跟进来，可安迪坚持要待在我们那个所谓的门口，好随时报告外面发生的事情。船长和比尔站在离茅屋不远的地方，每人手里拿着一根从船上带来的穿索针。船长还在惋惜他的手枪成了废铁，因为子弹都被海水泡坏了。

安迪眼尖，不大一会儿，他就看清了，海上过来了好多船，彼此之间挨得很近。

“阳光太烈，看不大清楚，”他说，“起码有五十艘吧。它们肯定是朝这边驶过来的。”

果然如此。杰瑞米和鲁本刚把船藏好赶回来，一大群几乎没穿衣服的棕色野人就涌上了海岸。他们有的扛着粗制滥造的长矛，有的拿着毛毛糙糙的盾牌，还有的握着削尖了的棍棒，搞不清楚他们是不是事先就知道我们在岛上。船长说，他们可能是看见了我们在岛上点的火，也可能只是来岛上打猎或者钓鱼。但究竟是哪种情况，可就不得而知了。安迪猫着腰守在门边，随时向我们报告他看到的情况。

“他们现在走到大树那里了。”他说，“船长和比尔迎了过去，好像向他们鞠了一躬。他们停下来了，跟船长和比尔互相打了手势。比尔能看懂他们的意思吗？”

过了一会儿他又说，这些人朝我们这边走过来了。他们走到这里，大概也就用了五分钟的样子，可是对我们这些藏在茅屋里的人来说，感觉却像是过了几个小时。听到他们的脚步声近了，我反而高兴起来。普雷布尔船长探进头来，做了个手势，让我们出去跟他站在一块儿。我看见普雷布尔太

太一手牵着安迪，一手拉着菲比，跟着他走了出去。从阴暗的小屋里出去，感觉外面阳光强烈，有些晃眼，不过我还是看得见好几百个棕色的人围在我们四周。

“别紧张。”我听见船长压低了嗓子说，“到目前为止，他们还没干什么，就是看着我们。”

他们确实在看，成百张脸凝视着我们，成百双又黑又亮的眼睛盯着我们，这种情形我还真是第一次遇见。我看到他们乱糟糟的头发下露出了耳环、鼻环和雕刻项链，手腕、脚踝和胳膊上缠着好多金属环。这时，还是比尔足智多谋，想出了一个好主意，他脱掉上衣，露出了他的文身。这下那群人嗡嗡地响了起来，我们把这嗡嗡声看作是在表达对文身的兴趣。他们纷纷往比尔身边挤，都快把比尔挤扁了。趁他们看文身的工夫，我们这边的人得空互相交谈了几句。

“他们就像一群小孩子。”普雷布尔船长说，“上帝保佑他们一直就这样吧。”

但他们的兴趣也像孩子一样难以持久，接下来，他们又开始围到菲比身边来了。那会儿她正松开了妈妈的手，用两只手紧抱着我。那个最高大的土著，身上戴着最多首饰的那个，看见了她手里的我。他向其他人发出了一声奇怪的哼哼，其他的人就都朝菲比身边挤了过来，不停地比比画画。我能听到菲比的心在扑通扑通地跳，但她没有退缩。就连当那个大个子，他应该就是酋长了，因为那些人都看他的脸色行事，伸出一根粗大的棕色手指碰了碰我时都毫无惧色。他回头对着其他人又哼了一声，转身又朝菲比伸出了手。

他想要什么我们都很清楚。即使在船长用无人敢违抗的语气说话之前，我就已经知道了。

“把娃娃给他，菲比。”

尽管这件事已经过去了好多年，但是，现在想起来，我仍然会怕得似乎连身上的每一块木头都在发抖。

“不，爸爸，别把希蒂——”我听到菲比颤抖的声音。

“把希蒂给他，快点。”只有在“黛安娜－凯特”号着火的那天，我才听到过船长用这样的语气说话。

菲比犹豫之际，那个大个子土著脸上的表情已经不太好看了。他对着他的人又哼了一声，人群中立刻响起了嗡嗡的声音，我跟你们说，这声音可不怎么好听。

菲比照爸爸的话做了。于是我到了那个大个子土著的手里。简直难以想象，我逃离了乌鸦窝，躲过了大火，漂出了汪洋大海，最后却落在了一群土著手里。而我全无回天之力，只能鼓足勇气迎接他对我最后的处置。他只消用手指头猛拉那么一两下，我就会粉身碎骨，变成几块小木头和碎布头。菲比要是看到这个情景，该是多么伤心啊。我猜那个时候，大家都想不起来我是用辟邪的吉祥木做的了吧。

我只能说，吉祥的花楸木在那个棕色酋长的身上显灵了！那个大个子土著并没有伤害我，倒是对我充满了无邪的敬畏。

他的手指把我翻过来覆过去地拨弄着，热切地动着我的胳膊腿儿，我得说，他的举动里包含着无限的体贴。

他做了个手势招呼他的人过来，把我的本事展示给他们看。尽管心里很害怕，但听到他们公然的赞叹声，我还是忍不住有点得意。

“一点没错，这个娃娃给我们带来了好运气，”我听见比尔对船长说，“她比我们更能应付他们。他们肯定把她当成哪路神仙了，而他们从未见过四肢都能动的。”

“你说得没错，比尔，”船长认同道，“瞧他们看她的眼神，多么虔诚，就像在做祷告一样。”

“哎，我以前从来不相信这些！”菲比的妈妈说，“现在我承认，菲比，我也快相信老货郎的话了。”

“他不想还给我了吗？”菲比问道，满脸恳切地向我伸出手来。

我看见比尔飞快地抓过了她的手，把她拉到了身边。

“站在这里别动，”他警告道，“千万别让他们知道你想拿回来。”接着他转头对船长说：“要是我记得没错，那些土著认为他们拿走了你的神灵就代表他们吞并了你。”

“说得没错，”杰瑞米接话道，“我也听人这样说过。只要他们拿到了她，就不会伤害我们了。”

我不知道是不是菲比伸手要我的姿势起了一点作用，因为刚才她伸出手来的样子，好像是在祈祷。这下，那些土著对我更加看重了，又哼又跳地闹腾了一阵子。

“好吧，希蒂，”当酋长把我举起来给大家看的时候，我对自己说，“不管是在缅因州还是缅因州之外，在你身上发生的怪事已经够多了，可这一桩才真叫是怪中之最了。”

大个子土著又哼了一声，这些棕人都在我面前低下了头，然后他们又乱跳了几下——就这样，我被他们带走，成了异教徒们的偶像。

CHAPTER SEVEN

第七章

我结识了上帝、土著和猴子

我常常想，还有没有别的娃娃和我一样，扮演过这样一个角色，就这样突然被选中做了一个土著部落的神，却完全不知道他们想要我做什么，就像那些人去了集会山的教堂也不知道该做什么一样。但是平心而论，我得承认我这一生还从来没有享受过这样的待遇。他们用绿叶和竹笋给我做了间小庙，然后举行了一个盛大的安放仪式，把我供在那个——就叫它祭坛吧——上面，祭坛周围摆满了粉红色的木槿花。这些花一枯萎，他们就立刻换上新的。在祭坛上，还供奉着水果、贝壳之类的东西。要不是我心中还惦记着用自己来拯救菲比等人性命的重大责任，恐怕早就被这些土著的殷勤冲昏头脑了。

就这样，我顺着这帮土著的意思，他们想对我做什么，我就让他们做什么。我心中坚信，老天一定会像前几次一样让我挨过这一关。那个土著酋长，似乎非常关心我，但是当他把我身上的衣服一件一件脱掉的时候，我真是没法高兴起来。最后他只给我留下了那件平纹细布做的内衣。我只穿了内衣，就这样窘迫地坐在祭坛上。而他们之所以留下了这件内衣，是因为看到了上面有用红线绣的字母，那是我名字的首字母。尽管经过了海水的浸泡和太阳的曝晒，线上的红色还隐约可见，就是这几个红色的字母吸引了他们。我想，他们可能是把这个当成了什么神秘的咒符，觉得不能轻举妄动。感谢普雷布尔太太，在那幸运的一天是她让菲比把字母绣上去的！

我还被强行按照南太平洋岛屿的审美习惯打扮了一番。他们用各种浆果挤出鲜艳的汁，涂到我的脸上和身上，我都不敢想象他们把我打扮成了什么样子。但这些我都忍了，比这再大的苦我也得忍，为了那些安危系于我身的人，我忍！我倒是不反感他们拿来的鲜花和绿叶，也不反对他们把一块红珊瑚用草绳串起来挂在我的脖子上，就当是什么神圣的护身符吧。我坚信身为花楸木，我一定可以战胜这些土著的东西上所携带的任何邪恶力量。事实上，在很多时候，就是凭着老货郎的这句话我始终坚信自己身上的力量，才挨过了许多事情。在那样的时刻，我需要使出全部的力量才行。

成天坐在那里被当成神仙供着，很是寂寞。也许，要是我能听懂那些棕人们在我的庙前发出的奇奇怪怪的哼哼声，感觉就会不一样了，但他们可不管我是无聊还是害怕。我也一直都对他们保持着淡然的微笑，如同还在缅因州的家中，在那座壁炉台上。这是老货郎的功劳，是他给我雕了一张微笑的脸。我现在最想知道的是，菲比他们怎么样了。只有一两次，我听到从不远处的树林中传来了熟悉的声音，还有一次我看到远处有两个人影，像是比尔和杰瑞米。不知道过去了多少个日夜，自从来到这个新地盘，我就记不清日子了。

也正是在这段时间里，我了解了猴子的习性。要不是在这里，我可能永远也不会知道这些。一开始，它们拖着敏捷的长尾巴在我周围的树上跳来跳去，叽里呱啦地吵闹着，让我很不安。它们还会走到近前来瞪着眼看我，真让我难堪。有几只胆大的猴子，还走上前来，用瘦瘦的手指头捅我。它们的手指纤细而灵活，做起来事来就跟人类一样，我真是又难受又嫉妒。我想连这等野生动物都有十个手指头，而我却只有两只笨拙的连指手套一样的木头手，真是不公平。后来，我越来越孤独，猴子们却越来越习惯于我的存在，我们之间竟然产生了某种友谊。它们灵巧的手轻轻地抚过我，给了我适时的安慰，我慢慢地开始享受它们时不时好奇的抚摸。特别是一只白脸小猴子，它长着一条非常灵巧的尾巴，常常来看我。后来我几乎可以听懂它说的话了，它的到来使我的生活不再那么单调。有一次，我记得它还给我带来了一份礼物，我想应该是肉豆蔻，起码看起来像是我家乡厨房架子上那种叫作肉豆蔻的东西。它可能是想送给我吃。尽管没法以吃来表达我的感谢，我还是任由它放在我的膝盖上，直到那东西被它另一只更淘气的同类拿走为止。

毛色艳丽的热带鸟儿在我周围飞来飞去，唱着歌，不时还有绿莹莹的蜥蜴从我庙前爬过，我的日子就这样一天天过去。直到一天夜里，有人来救我了。真没想到还会有人来救我。我一直都没有听到菲比他们的消息，甚至近来都没有瞥到过他们一眼。我也不清楚他们是否知道土著把我藏在了这里，我只是暗暗地希望他们能知道。

那天夜里，把我掠夺来的人在庙旁不远的地方围成一圈睡着了。突然，毫无疑问，我听到有什么人在悄悄地向我这边靠近。天上没有月亮，四周只有棕榈叶子的缝隙里透过的几点星光。不知道来的是朋友还是敌人，不过用不了多久，我就会搞清楚的。

过了一会儿，我身下的树枝动了几下。我坐的地方很高，下面是竹笋和树枝编成的基座。这会儿，基座晃动得厉害，我真怕把那些土著吵醒了。我可不想介入什么纷争，那些土著的棍棒几下子就能把我给结果了。

有个人靠了过来，呼吸离我很近，热气都喷到了我的脸上。接着一只手抓住了我，把我从祭坛上取了下来。然后，这热乎乎的手紧紧抓住我不放，把我带走了。

行进在这溽热幽暗的夜里，那只手似乎给了我某种安稳的力量。我认得这只手，它以前拿过我，这让我即便在这样的危险之中也感觉到了安全。这么久以来，我终于又有了安全感。等我们穿过那片茂密的棕榈树林，在昏暗的夜色里，我认出来了，救我的是安迪，就是他!

他光着脚飞快地向岸边跑去，还不时地回一下头，看看后面有没有人追他。

“这次可把他们给耍了。”他边跑边高兴地嘟囔着。

突然，杰瑞米不知从哪儿冒了出来。看到他的驼背，我高兴得差点哭出来。

“你在这儿干什么？”他低声问安迪，“我还以为你和他们在一块儿呢。”

“我回去拿点东西。”安迪含糊地回答，把我藏到了背后，“船都准备好了吗？”

“差不多了。”杰瑞米回答，“有艘船漏得厉害，我们只好挤在一艘船上走了。还得争取时间，这可不大妙啊。”

从他们低低的谈话声中，我听出来，就在那天下午，他们看到了一艘船。当时，普雷布尔船长没敢向那艘船发出求救信号，或是带着大家跳上小艇逃走，怕惊动了这些不怎么友好的土著。但大家都明白，机不可失，时不再来。这是孤注一掷的时候了。因为万一他们没能及时出海向那艘船靠拢发出求救信号，而最后又没能获救，再回到岛上来的话，这些土著人肯定就要对他们不客气了。大家只有等到天黑再把小艇从山洞里拖出来，但即便是现在，在夜色中他们也还是害怕会被突然出现的某个土著发现，继而惊动整个部落。

我们到了岸边的一处小海湾，这个小海湾很隐蔽，从外面很难发现。我看到几个黑影，认出来是普雷布尔船长他们。菲比和妈妈已经坐上了船尾，男人们正站在齐大腿深的水里，往船上装我们仅剩的那点东西。东西必须仔细放好，才能保持小艇的平衡。船长在紧张地发号施令，从他说话的语气中听来，他比外表看上去的要焦急得多。他一看见安迪，就决定好好给他上一课。

“你可真是个好水手，”他责备道，“这个时候还到处乱跑！要不是没时间了，我真想给你一顿鞭子，好让你长长记性。看我们不把你留下，让你和那些野蛮人一块儿待着去！”

安迪不慌不忙地听完船长的批评，然后把我从背后拿了出来。

“我去找希蒂了。”他说着把我递了过去。菲比一听到这话，一下子从船上跳起来，差点把船给掀翻了。

“菲比，坐下！”她爸爸命令道，“嗨，好家伙，果然是希蒂。”

他把我从安迪手里接过来，拿在手里端详了一番，然后递给了菲比。

“你刚才就是干这个去了？”他换了一种稍微缓和的语气说话，“你难道不知道，碰她一下就有可能被那些土著杀掉吗？”

“知道，先生。”安迪嗫嚅着，“但是我发现了那些人放她的地方，看到菲比哭着说不愿意把她留在岛上，我就想，也许我可以把她拿回来。”

“我们到现在还活着，可真是个奇迹。”比尔插进话来。

“要是他们发现她不见了，来把我们追回去，那他们请我们喝的可就不是什么下午茶了。”鲁本警告我们。

“是的。”杰瑞米赞同道，“要是再被他们发现，我们就活不成了。但是，我发誓，我很高兴安迪这么干了，希蒂应该和我们一样，有一个逃走的机会。”

“你说得对。”普雷布尔船长说，“都上船吧，用尽全力划。安迪，你尽量靠船头坐着，盯着前面的灯光。那艘船下午没走多远，求求老天可别让它跑太远了。”

菲比的手又一次抓住了我，我们的船悄悄划出了那个小小的海湾。

“唉，妈妈，”她叹了口气，“从今以后，我这辈子再也不跟安迪吵架了。等我们一回到家，我就把我的银杯和小碗都送给他，永远永远归他。”

“哎呀，孩子，”她妈妈也叹息着说道，“我们还不知道能不能看到那艘船，现在说这些又有什么用呢？要是不能看到——”

她停住了没再往下说，可我知道她要说的是什么。我们现在的处境可以说是十分危险，要是我们赶不上那艘船，接下来就不用说了；要是土著也发现我们不见了，我们再回这里也是死路一条。在这种情况下，我们只能漂在海上，等到食物和淡水都吃光，然后就只有一沉到底了。这些，我都看得很清楚，但即便是这样，我也宁愿待在菲比的腿上，而不愿意住在最虔敬的野蛮人用哪怕是象牙和檀香木做成的最漂亮的庙宇里。但我想这就是娃娃的天性吧。在这个平静而又漫长的夜里，我想换了谁都会这么想的。

所有的人挤在一艘船上，挤得很，船吃水很深，经常会有大浪过来把我们打得透湿。和其他人一样，我并不太在意这些。我甚至希望最好这样能冲掉我身上那些怪里怪气的浆果汁图案，等天亮的时候菲比就看不见这些了。海上几乎没有风，船即使张了那个小帆也没有什么用，不过这也意味着，前面那艘船要想前进的话，也要改变航向绕道走了。要是这种情况能持续下去，并且我们船上的水手能够保持目前划桨的速度的话，那么根据普雷布尔船长的估计，我们还有一半获救的希望。他们轮班划桨——先是船长和杰瑞米划，其他的人掌舵，或者在船头观察；然后换班，由比尔和鲁本划桨，其他的人负责根据罗盘掌握船行进的方向。普雷布尔船长拿出了他那盏灯来，幸好他保存得完好，里面还有一点灯油，现在正好派上用场。他把打火石和打火镰放进口袋里，准备好一看到那艘船，就点亮油灯发出信号。

星星低低地挂在地平线上，有时候，即使是像比尔和杰瑞米这样有经验的水手，也会错把星光当成翘首盼望的灯光。每发生一次错觉，船上的人就要经历一次空欢喜，然而水手们并没有松懈。热带海水温暖，海面云烟氤氲，闪着我从未见过的粼粼波光，船桨每一次起落，都像是沾起了一身的星星。菲比说，这是鱼儿的眼睛从海底下望着我们。她妈妈不太喜欢，说看得头都晕了，她说现在只有一种光对我们有用，就是那艘船上的灯光。水手们用力地划着桨，却仍旧怎么也看不见那船上的灯光。

菲比累坏了，最后靠在妈妈身上睡着了。我仍然直挺挺地坐在她的膝盖上，因为我觉得，好多事情还得依靠我身上花楸木的力量，尽管在目前这种情况下，我也承认功劳归于水手们，他们低头弯腰奋力划桨，累得腰酸背痛。

“下一分钟就有希望看到它。”船长不停地对他们说。但分钟变成了小时，前方却仍然不见高挂在桅杆上的灯光。他们越来越沉默，只是用力地划着桨，不再费劲说话，也不再问任何问题。

安迪蜷缩着躺在船头，我猜他也睡着了。可是突然，他叫了一声。

“在那儿！”他喊道，“在我们的左舷边，就是它！”

“他说得对，”杰瑞米也肯定地说，“我也看到了。”

这下子，水手们都来了精神，忍不住激动地喊出了声，然后马上又弯下腰奋力划起桨来。普雷布尔太太激动得浑身颤抖，菲比也醒了，高兴地把我紧紧抱在怀里。

“我们离它还有段距离呢。”普雷布尔船长用望远镜看了看说，“鲁本，给我那支桨，我把油灯绑在上面。”

油灯绑好了，他费了好大的劲去点灯芯，气得骂骂咧咧。终于点着了，可是那光也太微弱了。

“这样没用。”船长仔细地看了看灯芯，“刚点上的灯不会太亮，而且它还被海水泡过，就更不亮了。我们得烧衬衫。先点谁的？”

到了这个时候，船上谁也没有多余的衣服了。鲁本自打离开“黛安娜－凯特”号起就一直在打赤膊，比尔的衬衣在岛上丢了。杰瑞米的衬衫比一张破网强不了多少，但他二话不说脱下来递给了船长。普雷布尔船长从油灯里倒出了一点珍贵的灯油，浇在上面，没过一会儿，它就在船桨顶上燃烧起来了。它快烧完的时候，普雷布尔船长把自己的衬衫接了上去，然后是普雷布尔太太的衬裙。衬裙燃烧的时间最长，在船桨上发出耀眼的火光。借着这摇曳的亮光，我看见了水手们的脸，上面满是汗水。他们奋力向着前方的目标划呀划，已经累坏了，越划越慢，越划越费力。但是那灯光，却像一颗遥远的星，一直闪耀在我们的左舷边。

“照这个速度，好像永远也划不到了。”安迪说，“难道他们一点都看不到我们吗？”

他说出了大家的心思，之前只是没有人愿意明说出来，生怕一说出来就丧失了最后的力量。

就是在我看来，比起一个小时前，那灯光也似乎离我们又远了一些。我心里明白，如果真是这样，天亮之前那艘船上的人再看不到我们的火炬，那我们可就大大地不妙了。我想我大概是看出了船长的心思，因为紧接着他就说道：

“油快用完了，把你们的东西都拿出来，我们再试一次。”

我纳闷船员们还能拿出什么东西来，眼下他们已经快跟那些土著一样一丝不挂了。普雷布尔太太大概想的和我一样，只听见她在我的头顶上说道：

“给你这个，达尼尔，把我的帽子和披肩拿去，还有我另一条衬裙。这会儿顾不上考虑形象了。”

船长接过这些东西和菲比的一件平纹细布内衣。普雷布尔太太怜惜地看了脚下的披肩最后一眼，这是她最好的一条披肩，离船时，她用它当包袱皮裹东西用的。从某种意义上说，这是我们与过去的最后一点联系了。普雷布尔太太看着它给浸上了油，绑到船桨头上烧了起来，没有说一句话。大家看着她的海狸帽子接着在桨上燃烧起来，没人觉得滑稽。船长和鲁本使劲伸直了胳膊，把桨举得高高的，那火把显得好大好亮。

“要是这个他们还看不见的话，我们就只能把船桨扔进海里，然后也投海算了。”我听见比尔小声地跟杰瑞米说着。我也很想把内衣贡献出去，但是常识告诉我，它不会比一只萤火虫亮多少。

火把烧完了，最后一点火焰也熄灭了，船长把那一小团烧剩下的黑布疙瘩扔到了水里。没有人再动手划桨，大家都知道再划下去也没用了。我们的眼睛都盯着远处的那一点灯光，灯光上寄托着船上七个人和一个木头娃娃的全部希望。

突然，我看见船长猛地挥起了手。那点灯光的旁边亮起了一团光，然后是另一团，接着又是一团。

“他们看见我们了，太好了！”他大声地喊着，“他们在给我们发信号，说他们这就来了。”

他浑身发抖，几乎抓不住船桨了。鲁本一下子坐在了船上，两只手蒙住了脸，比尔和杰瑞米跟普雷布尔太太和菲比一样抽泣着。如果能够，我也会哭的。

CHAPTER EIGHT
第八章

我在印度走丢了

天快亮的时候，我们被救上了“海斯珀”号。一上船，我们就有回到了“黛安娜－凯特”号上那种熟悉的感觉。“海斯珀”号是一艘结实漂亮的商船，主要做的是印度和中国的生意，最近她也碰到了一场大风暴，受了点损坏。这场风暴使她大大偏离了原来的航线，船长和船员们不得不在途中一个港口停靠下来，进行修补。我们发现她的时候，她刚换了根临时的龙骨。

“海斯珀”号的船长和我们是老乡，我记得没错的话，他是马萨诸塞州人，住在菲利海文市，还有妻儿在家乡。他是海员里最有礼貌最和善的人了，我会永远感激他的，因为菲比给他看了我狼狈的行头之后，他就大方地把他最好的那条真丝手帕给了菲比，让她把我包起来。那是一方绯红的真丝手帕，四边绣着船锚和绞在一起的绳索。我确实需要这手帕，那些土著把我脱得只剩下内衣了。其他人就没我穿得这么体面了，男人们也不管大小，拿到什么衣服就胡乱套在身上。菲比的妈妈用一块印花布给自己和菲比裁了两件外衣，那块花布本来是船上顺便捎带着，和土著换东西用的，上面的图案花里胡哨，穿在菲比和她妈妈身上显得不伦不类。

“要是让周围的亲戚邻居知道我穿过这么一件花衣裳，我真要没脸去教堂了。”菲比的妈妈叹息道。

但它好歹也是块布料，普雷布尔太太裁好了布，用船上给水手们配备缝帆布的针和线，把衣服给缝好了。布料不太够，那衣服套在菲比身上就像是个活动的口袋。不过普雷布尔船长许诺了，等船一靠岸，就让我们从头到脚打扮一番。他的脖子上还挂着离开“黛安娜－凯特”号时带着的那一小袋金子。他说，这将是未来很长一段时间内仅有的一点钱了，可眼下，也实在不是藏着掖着它的时候了。

船长和三个伙伴常常愁眉苦脸地在那里坐上好久，盘算着我们在鲸油上一共损失了多少钱。

“不过，能活着在这儿慢慢算计，就已经算是运气好的了。”最后总有一个人提醒大家道。

这艘商船要比我们那艘捕鲸船干净多了。尽管我们什么都丢了，只剩下自己，然而大家的兴致还是很高。这里的船员都很和善，很快我和菲比就跟大家玩到了一起。菲比最喜欢把我的惊险经历讲给一群捧场的水手们听。她已经把我身上的浆果汁洗掉了，不过还是喜欢指给人家看原来涂在了哪里。那些人听得津津有味。

"有几个娃娃能有她这样的经历呀。"他们赞同道，"你觉得，她回家以后会不会怀念以前被土著供起来的日子？"

这一点他们大可不必担心。

下一站是孟买，很快我们就开始盘算下了船要买什么了。"海斯珀"号的船长答应给他的小女儿买一串珊瑚珠，还说菲比也该有一串。安迪想要一把象牙柄的小刀，普雷布尔船长说要给他妻子买一条最好看的披肩，以弥补之前烧掉的那条。一路上这里弄迟了，那里出了点小差错，搞得大家想上岸的心情比任何船上的人都急切。看到那期盼了好久的海岸线出现在眼前时，世界上再没有比我们更激动的叫声了。

"今天，"下锚的时候，我们的新船长说，"大家放假一天，上岸去看看风土人情。"

想起那天的情景，无数纷繁的景物涌上了我的心头——奇形怪状的船只，圆顶的屋子，窄窄的街道，苦苦哀求的乞丐。人群里到处都是穿长衫包头巾的男人，踱着四平八稳的方步，我在别处从没见过这样的人。有时候身边还会走过一些半裸的人，胳膊和腿像打了结似的紧叠在一起，或者整个身子都扭曲了，看起来既诡异又吓人。

“他们管这些人叫苦行者。”“海斯珀”号的船长告诉我们。

“太可怕了。”我们走过一个老男人，他的两条胳膊长在了一起，让人看了直打寒战。普雷布尔太太倒抽了一口凉气。“这副样子太不雅观了。过来，菲比，别看这些。”

有一个水手熟悉当地的路，还会说几句方言，足够带着我们买东西了。在海上漂流了这么些日子，这趟出门可把大家激动坏了。我开始有点担心这样一直买下去钱会不够用。才到中午，我们就已经买了一条上好的印度刺绣纱、一些经用的棉布，以及一块有着精美图案的开司米披肩，用来代替那条旧的。还有各种各样精致的小饰物，不管菲比看上了什么，那东西迟早都会落进她的手里或者船长的口袋里。很快，她就有了一条条银的、珊瑚的和闪亮的小贝壳做的链子。就连我也有了一条，是红色珊瑚珠做的。向导发誓说这个是用来当鼻环戴的，可它挂在我的脖子上刚刚好。大家一致表示我戴上这个好看极了，菲比肯定地说，等我的印度纱衣做好了，我就会是娃娃中的示巴女王了。唉，当时哪里会有人想到，这竟是我们在一起的最后一天了！

眼前的新奇景象叫人目不暇接，时间就这样一分一秒地过去了。现在每当听到远处的铃铛声，我都能想起那天耳边远远传来的那个声音，那应该是从印度庙宇里传出来的。我们看到有人牵着大象、老虎还有祭祀的阉牛，排成一列从街上走过。我们在昏暗的集市上讨价还价，大开了眼界。那个水手带大家去了一个他熟悉的地方，那里有人用小鼓演奏着奇怪的音乐，吹着芦笛。除了我大家都尝了米饭和咖喱，还有甜肉。大家一路不停地看啊逛啊，到了下午，菲比就走不动路了，直喊累。可还有许多东西要买，两位船长也还有事要办，于是大家决定由比尔带菲比回“海斯珀”号。

离港口还有很长的一段路要走，比尔看菲比累极了，很不忍心，就把她抱起来向回走。我们一路颠行，很舒服，从比尔的肩头望过去，周围的事物一览无余。我的视角不错，能够高高地俯瞰那些皮肤黑黑的人。难得有这样一个好位置，我赶忙贪看起来。在这样的时候，我感到一阵没来由的自在。

我永远也搞不清楚接下来的事到底是怎么发生的。应该是被比尔这一路铿锵的步伐颠簸的，或者还有这一天的兴奋和劳顿把菲比折腾得够呛了，总之她的脑袋耷拉了下来，越来越低，最后搭在比尔的肩头，就像在家里的床上那样舒舒服服地睡着了。比尔继续往前走着，像扛着集市上的一袋货物那样轻松地扛着她。而这时，我在菲比的手上晃悠着，而菲比的手臂则垂在比尔的肩头。我知道，这个位置十分危险，然而，我那时还是没有认识到究竟有多危险，直到我从她的手里滑落下来。

我徒劳地转向比尔那边，想要引起他的注意，可我什么也做不了。我就这样离开了他们俩，在一条不知名的巷子里摔了个狗啃泥。

这一跤来得如此突然，地上的石头又是那样的硬，我昏头昏脑地在那里趴了不知道有多久。我的木头身子摔得生疼，厚厚的异国泥土让我差点窒息。不过，我还是清楚自己遇到了怎样的麻烦，尤其是当我想起菲比熟睡的样子，知道没有一个小时她是不会醒过来想起我的。周围踩过无数黑黑的脚掌，有些甚至从我身上跨过。好在他们走得很快，又大多光着脚，而且我还躺在一个泥坑里，这才没受什么伤。不过，当我想起早前见过的那些大象，想起它们的体型和笨拙的步子时，心里就一点都不淡定了。我头上传来的全是乱哄哄的异国语言，这让我更加难过和绝望，可我还是竭尽全力去寻找一星半点熟悉的、能听得懂的话语。

迷失在了印度。我心想，我奇迹般地经历了那么多事情，从海岛野蛮人的手上都逃了出来，却栽在这样一个异国他乡！

我的脖子上还戴着那串新的珊瑚珠，圆圆的，滑溜溜的。我还记得菲比从集市上给我挑选链子的时候，它那美妙的色泽让我们俩都为此而骄傲。可现在这对我而言变得毫无意义起来，我多希望能用它换来菲比的一个热情的拥抱！然而常识告诉我，就算他们很快发现我丢了，马上回来找，也别指望他们能发现我掉在了这里。可我仍然心怀期望。落到这步田地，谁会不往好处想呢?

不过，事与愿违，自那以后，我再也没见过菲比或者她家的任何一个人了，只有一次辗转听到过他们家的消息，那是后话了。现在，她就算再长寿也应该去世多年了，因为时间已经过去了一百多年，而她又不是用花楸木做的。她绣在我内衣上的名字倒还清晰如初，我能听到前来古董店的顾客打量我时对它发出的议论。这一切，真是令人唏嘘。

还是回到孟买和那个泥洼吧。接下来，我记得有几根长长的灵活的黑指头把我捡了起来。这是一个黑黑的矮小的老人，包着头巾，穿着破破烂烂的袍子。我从菲比的手上跌下来的时候，还穿着船长的红丝帕，显然，它吸引了老人那热切的黑眼睛的注意。不管怎么说，他拾起了我，把我拿在手里转来转去，似乎想要再扔掉，但又改变了主意，最后把我用袍子的一角擦干净，带到了一个我所不知道的地方。

接着我就发现，我躺在一个小房间的硬石头地面上。天黑了，只有一缕月光从高高的铁窗外照进来。我身边有一个柳条篓子，篓子里传来非常奇怪的声响。我还从没听到过这样的声音，不知道该如何形容，只是它给了我一种不好的预感，我断定这篓子里不会有什么好东西。真的，我情愿用珊瑚珠子来作交换，让这东西离我越远越好。

不久，在昏暗的光线下，我看到了那个包着头巾的印度人，就是把我从泥坑里捡回来的那个人，他和另外一个包着头巾的人一道进来了。两人在我旁边蹲下来，那男人从袍子底下掏出一根当地人叫作六孔竖笛的笛子来。我想它是用竹子做的吧，吹出的声音尖细嘹亮，简直和那篓子里的沙沙声一般诡异。这音乐引起了一种我说不出的异样的感觉，那感觉爬遍我的木头骨架。我从没想过，光是听着这小孔里吹出来的声音，就会让人感到如此悲伤。

接着，那篓子动了起来，奇怪的动静越来越大了，篓子上的盖子动了几下，还掀开了一点。这时，那忧伤的音乐还在吹着，就算没有这动静，眼下的情景也已经够让我难受的了。那里面的东西把盖子一点点顶开，我很害怕，却又忍不住好奇地盯着篓子看。最后那篓子盖猛地朝后一倒，露出眼镜王蛇的脑袋和柔软的身子来。今天早上杰瑞米曾经把一条眼镜蛇指给安迪看过，可那时候我们是在笼子外面安全地看着它，而这里只有那古怪的音乐在控制着它。我很害怕，可又忍不住去瞧着它一圈一圈地舒展身子，从篓子里滑出来，朝那个印度人爬去。他猛地停住音乐，那爬到一半的蛇也停了下来。然后他又奏起更加急促的音乐，蛇的速度也变快了。好像是这音乐在控制着那蛇，而那盘卷着的滑溜溜的生物似乎身不由己，只能由着音乐控制。它游动着，晃着脑袋，层层鳞片也随之扭动，它从一边游到另一边，盘旋了又盘旋。它的眼睛没有眼睑，闪着亮光，吐着分叉的信子，身上的鳞片在地板上擦出轻微的声响。有一次它几乎凑到我跟前来了，那冰凉的身子有一点擦过了我的脚，我顿时僵在那里，几乎要裂成两半了，要不是我的头发是画在头上的，恐怕也都要竖起来了。

就像我说的，时间会让人习惯一切——哪怕是一条大眼镜王蛇。我跟它之间远远谈不上什么友谊，只是几天之后，我没那么害怕了。我明白了，那个印度人牢牢地掌控着这条蛇。说起来，这条蛇怪有耐性，也挺能忍的，只要主人的笛子一召唤，它就得跟着节奏表演，一天得有好多次呢。

这样被迫跟着一个耍蛇的印度人一起卖艺，就算是比我更勇敢的娃娃也会觉得胆战心惊吧。这算不上我的职业舞台上值得留恋的一个篇章，想起来唯一值得安慰的就是，我没有给我们娃娃丢什么脸。

我的角色很被动——印度人带着眼镜王蛇表演的时候，我就像个雕像一样立在那里。出门的时候我还在蛇篓里待过，不过我要赶紧澄清一下，那次篓子里跟我做伴的是食物和炊具，不是那条蛇。

那年头在印度,当个耍蛇的赚不到什么大钱。我敢肯定，要不是我不用吃东西，这个印度人是不会把我带上一道表演的。他自己常常就只吃煮白饭，在乡下的时候，眼镜蛇自己出去找点蜥蜴、苍蝇之类的东西填饱肚子。也许正因为如此，我们才四处走动，不过我疑心所有的耍蛇艺人都是四处游荡的。不管怎么说，我们差不多把印度上上下下走了个遍，至少我感觉是这样。最后，我终于听到了一个熟悉的声音，

要不是我的头发是画在头上的，恐怕也都要竖起来了

看见了一张白人的面孔。

我对时间的概念总是不太清楚，我在那篓子里也许是待了好几年，也许就只有几个星期而已。总之，我对自己的处境已经完全绝望了，我已经放弃了所有获救的希望，以为就要在这个又热又脏、远离缅因州故土的地方终此一生了。后来的事实证明，我们对自身命运的见识其实是多么地短浅。

最后，有天下午，快到傍晚了，空气比以往更加燥热，天色也比以往更加阴暗。我们停在了一座低矮狭长的屋子前，这屋子不知怎的看上去和城里其他的房子有点不同。耍蛇人面前围起了一群当地的小孩，他掏出笛子来凑到嘴边，那蛇就跟上节奏表演起来。像往常一样，他也把我从篓子里拿出来放在一旁，我身上还裹着那条已经又脏又破的红丝帕，穿着细布内衣，戴着珊瑚链子。就在那蛇在大家面前朝主人爬去时，我十分意外地听到了一个声音在用我熟悉的语言说话。

当时，就是那么简单的几句话，一股说不出的乡愁混杂着如释重负的感觉，落在了我的心头。

“快点，亲爱的，”我听到有个男人在说，“不然我们来不及回家了。”

我看到一男一女走了过来，他们的皮肤黑黑的，但普雷布尔一家在岛上晒了那么多天之后也不比他们白多少了，还有他们的衣服，虽然旧旧的洗得发白了，也还是我家乡的式样。有那么一会儿，我生怕他们就这样走过去了。一定是有什么东西吸引了那女人的注意，她叫住了那男人。他们停住脚步，站在人群稍微靠外面的地方，望着那蛇和主人在耍把戏。忽然，我看到那女人碰了碰那男人，并用手指着我。

我知道他们看到我了，可我的木头身子一点也动弹不得。我无法表达出心中的喜悦，也无法求他们救我出苦海。可是天意，或者说是花楸木的魔力又一次发挥了作用。我听到那女人说："威廉姆，我敢说这绝不是个印度娃娃。瞧她的表情和头发，她肯定是从我们家乡来的。"

"瞅着是挺眼熟的。"男人附和道，"你觉得把它带给念恩怎么样？"

"我就是这么想呢！"那位女士说，"她在离家这么远的地方长大，连个娃娃都没得玩。不过，"她又加上一句，"这娃娃可真够脏的。"

"嗨，肯定能收拾干净的。"男人微笑着答道，"想想我们来这里，净化了多少人的灵魂和罪恶吧。"

相比他的这番话，看起来那位女士对我的样子更感兴趣，而对我来说这当然更加重要。直到今天，我都确信，他们把我救了出来，让我重新做回娃娃，这福德绝不亚于净化别人的灵魂。那个男人会说印度语，他开始问我的价钱，费了不少口舌，我真害怕那个印度人不肯接受出价。最后印度人答应了，把我递给那位女士，她把我裹在手帕里，好像我得了麻风病似的。

不过，我决不是要挑剔什么。她对我很好，回家后把我放进一大盆肥皂水里，从头到脚泡了起来。他们一边收拾着我一边交谈着，我有一搭没一搭地听着他们说话，这才知道我是到了一户传教士人家，他们住在山区的传教点里，在这里建了教堂和学校，传播福音。他们唯一的孩子，小念恩，出生在这里，我就是要被送给她的。

“我就说，”收拾干净之后，我听到那妈妈对爸爸说道，“看到她这张纯正的美国人的脸，我就想家了。”

“是啊，”他说，“这会儿洗干净了，看起来倒有点像我在特拉华州的妹妹露丝。”

“我想按照我小时候的方法来打扮她。”他的妻子继续说道，“这样等念恩回国的时候，还能对袍子和头巾之外的东西有点概念。瞧这儿，威廉姆，她从前肯定是别人家哪个孩子的娃娃，瞧这小内衣上还绣着名字呢。这是上好的亚麻材质，我要亲手把它洗干净。可怜的小东西，以前一定住在一户好人家里，不知怎么却落到了那个脏兮兮的耍蛇人手里。”

“冥冥之中自有定数，”他答道，“在我们的孩子正需要的时候，这娃娃就出现在我们家门口，这可真让我感慨。不嫌唐突的话，我打算今晚在祈祷会上就这件事作一篇布道。”

“威廉姆，再等等吧，”他的妻子劝道，“我不想让念恩这么早发现她，等到下个星期我们给她穿好裙子，收拾好了，送给念恩做生日礼物之后再说吧。念恩是该有个玩具娃娃了。”

他们小心翼翼地把我塞在一只缝纫盒子里，不让小念恩发现。这么说，我马上就要出现在一个生日庆祝会上，又要有一个小女孩主人了！那天晚上我躺在那里，满脑子都是这个念头。

CHAPTER NINE

第九章

我和另一个孩子生活在一起了

关于我和小念恩在一起的两年，我不打算花太多笔墨了。不是说那些日子我过得不开心，而是与我生活中的其他经历相比，这一段略显平淡了些。在她四岁生日的那天早上，我被当作礼物送给了她，之后我就看着她长到了六岁。说实话，她跟自己的名字并不是那么相称，不过又有几个孩子不是这样呢？虽然出生在传教士家庭，从小听着赞美诗和布道长大，可她和我的其他几任小主人一样活泼好动，甚至可以说，有点喜怒无常。无疑这是因为周围没什么小孩跟她一起玩，而她的印度保姆又事事顺着她的缘故。她的确是时候该有个玩具娃娃了，虽然她不像菲比·普雷布尔那样喜爱我，不过平心而论倒也还不算坏，直到——噢，我还没说到那儿呢。

比起唱赞美诗和讲授圣经，小念恩的妈妈打扮娃娃的手艺可真不怎么样。可不管怎么说，能再次穿上体面的衣服我就够高兴的了，还挑剔什么时髦不时髦呢。她用一块图案毫不俗丽的印花棉布给我做了一条老大的裙子，都快要拖到地上了，领口的褶皱把我的珊瑚链子也给遮住了。不过这些都是小事，重要的是我又变得干净、舒服了，并且又有了一个小女孩当主人。

在这个山区传教点里，日子一直就这样平静地过下去，只是偶尔会来一个包裹，或者又有新的信徒要受洗了，虽然有点无聊，但至少我能知道自己是安全的。比起从前，这段时间我多了不少闲工夫，也有了学习文化的机会。在那漫长的溽热的午后，我们坐在阴暗的室内。光着脚丫的印度男孩都忙着干家务，或者去拉风扇上的绳子，好让风扇转动起来送点风进来。而小念恩的妈妈则开始教她读书、写字，学习计算50以内的加减法，还教她读《圣经》，讲《教义问答》和念诵赞美诗。

我得承认，一开始听讲时，我不是很自在。比方有这么一句，“我们的形体，来自于尘土”，我听着实在惊恐。直到后来，我才明白，原来这句话不是针对我说的，因为我可不是用土而是用一块上好的花楸木做的。从那以后，我就不再为这些听起来无论多么古怪的句子烦心了。相比之下，赞美诗更合我的口味，从小念恩跟着妈妈的低声诵读中，我算学会了不少。有些诗歌给我的印象太深了，直到今天，我还能背诵出其中的章节。我最喜欢的一章是这样开头的：

从格陵兰冰雪山，从印度珊瑚岸，
在非洲阳光泉，滚落黄沙千万；

这一段简直就像是为我写的一样。还有一段：

天父丰盛的恩德，纵然广施人间，
世人仍旧是蒙昧，反去敬拜偶像。

就我在岛上的经历而言，这首诗没什么意义。我真想知道，要是小念恩的父母知道他们把一个曾是土著偶像的东西放在家里，心里会怎么想呢？

小念恩也在学着绣花，绣的是玫瑰、鸽子和垂柳，旁边是一首诗，我还记得内容：

美丽、欢愉和激情盛行当道，
愚蠢和盲目让我们动摇。
噢，我们怎可沉溺于此等虚幻，
让我们活得青春无悔！

小念恩的刺绣样本上有鸽子和垂柳

我觉得这首诗有点让人丧气，小念恩却根本不往心里去。

那时她已经过完了五岁生日，长高了，也越发活泼了。有一天，她病了，发起了高烧。我不知道她得的是什么病，只知道她昏迷了好些天，她的父母把手上的好药都用尽了，还是一点作用都没有。保姆寸步不离她的床边。后来看她烧得越来越厉害，那保姆悄悄地溜出去，偷偷地带回来一个印度医生。医生仔细地看了看这个躺在大床上的孩子，摸了摸她的手和前额，又用他那长长的棕色手指在小念恩身上做了几个奇怪的动作，然后留下一些草药，告诉了保姆要怎么煎，就走了。保姆当然知道小念恩的父母不会相信这一套土方，这一切她都是偷偷进行的，因此我也没能看见她是怎么按照医生叮嘱的方法熬药的，只知道她是打定主意要救小主人的命了。我看到她一见小念恩的妈妈出去，就溜进房里，把草药喂进小念恩的嘴里。

不知道是草药汁，还是小念恩父母药柜里的药，或者是她自己的精神起了作用，又或许这三种方法都起了作用，反正最后小念恩慢慢地好起来，能下床活动了，只是不如从前活泼了。她的父母商量了一下，做出了一个决定：把她送回美国去。

“这里的气候不适合孩子。”一天晚上，小念恩睡着了，我站在她床边的灯台上，听到他们俩说，“我们不妨下决心送她回费城，一有机会就送她回去。”

费城，我听过这个地方，小念恩的外公外婆就住在那里，他们还从来没有见过小念恩，他们寄来的每一封信都在要求把小念恩送回去，住一住她妈妈曾在那里出生和长大的那栋老房子。

“好吧。”小念恩的父母达成了一致的意见，“这个地方的确不适合孩子成长，就算我们再挂念她，也得送她走了。”

我们果然踏上了归途。出发之前，他们紧张地忙碌了一番，准备我们的行李。说好要带小念恩回国的朋友突然捎话来，说要动身了，所以我们的行李被立即打包，和我们一块儿装上了牛车。就这样，我们沿着崎岖的山路，踏上了漫长的归途。从山里出来后，又乘上一艘平底船，我们终于到达了平原地带。这么一走我才知道，原来那个耍蛇人已经带我走出去这么远。我又回到了孟买熙熙攘攘的街头，又要坐船出海了，这次是朝着家乡的方向。

小念恩和父母做了一个令人感伤的告别，她这一去至少要五年以后才能再见到父母了。看到小念恩跟着来自另外一个传教点的两位女士上了船，她的爸爸妈妈都哭了，也就没什么好稀奇的了。这两位女士都是中年人了，小念恩跟着她们上了“彩虹”号快帆船，很快就发现她们俩几乎不会带孩子。她们所谓的照看就是早晚盯着小念恩做祷告，早饭看着她把粥喝下去，时不时地给她灌上一大勺甘汞。一切都还算顺利，但是小念恩有大把的机会不时地捣点乱。没过两个星期，这孩子就变得估计她父母都不大认得出来了。她就像菲比一样在船上四处乱跑，不过爬起绳梯来却没有菲比那样胆大心细。她那一头棕黄色的头发，以往总是柔顺地扎在脑后，现在则凌乱地披散在肩头；脸上也多了无数的雀斑，就是安迪在岛上再吹牛也不过就长了这么多；裙子和裤子边全都皱得没形。两位女士要是想插手管一管，小念恩转身就溜走了，跑得比松鼠还快。她们也只好由她去了。

她跟不少船员都交上了朋友，不过这艘船的船长对小朋友和旅客们都不怎么感冒。关于小念恩交朋友的事我知道得不多，因为这一次不像以前坐船的时候那样了。我大部分时间都待在那个狭小的船舱里，就是小念恩和其中一位女士同住的那一间。不过，总算还能看到蓝色的大海，听到熟悉的号令声、风吹动帆的声音，还有那些人拉起绳索时唱的船歌。我知道，船一天天靠近海岸，那里一直是我心目中的家，虽然我离开的时间远远多过待在那里的时间，但它毕竟是我诞生的地方。

我们的旅程就要结束了。这艘船比捕鲸船要干净许多，因为没有鲸油，然而同时也平淡了许多。一天清早，我们看到了卡罗来纳海岸线，接下来还有两天，再停靠一两个码头卸下货物，我们就要到终点了。

到达的那天，一大清早，小念恩的外公就来接我们。马车驶过一条条街道，两旁尽是漂亮的砖头房屋，这就是我记忆中第一眼看到的费城。那是一个晴朗的四月天，马蹄铁在鹅卵石小道上踏出清脆的声响，我看到几乎家家门口都有一个女仆，不是在打扫台阶，就是在擦黄铜门把手。院子里，广场上，绿树吐出了新芽。商人们忙着打开店铺的门板，露出里面整洁漂亮的商店。还有竖着金色风向标的教堂尖顶，一切的一切，都让我忍不住欢呼雀跃。我又回到了熟悉的土地上，自从和普雷布尔一家分别以来，那天是我最快乐的一天了。

在其中的一栋砖头房屋里，小念恩和我立刻成为了焦点。房子是白色的，从人行道往上走三级台阶，就到了房子的前门。它坐落在基督大街上，难怪这家的女儿会去做传教士，拯救异教徒的灵魂。房子里面的空间没有普雷布尔家宽大，但比他们家整洁雅致多了。壁炉也比普雷布尔家的小，房间也狭窄一些，天花板上装了一盏精致的玻璃灯，上面还挂着水晶亮片。屋子里的陈设既庄重又美观，一看就知道家里已经很多年没有小孩子了，事实也的确是这样。

小念恩的外婆是个胖乎乎的老太太，一头雪白的头发，脸颊是粉红色的，手上皱纹之多我见所未见。她穿着走起路来沙沙作响的黑绸衣服，戴着蕾丝花边帽子，帽子两边有两条辫子一样的飘带，她一忙起来这带子就直打飘。小念恩到家的那一天，她简直忙坏了。看着外孙女的衣物箱，她不住地摇头吸气，伤心地感叹。

“哎呀呀，你瞧瞧！”她对丈夫说，“我就说，印度哪里是养孩子的地方，结果你瞧瞧，这比我想象的还要差。这个可怜的小家伙连一件美利奴毛衣、一件凸纹条格衣服都没有，更别说紧身衣和细布内衣了！想到我的外孙女落到如此境地，真让我难过。”

“亲爱的，明天就去买布料，”老先生宽慰她说，“买最好的，马上再叫上个女裁缝来，我要把她打扮得不比费城任何一个小姑娘逊色。怎么样啊，小念恩小姐？”

可是外婆只是把头摇了又摇。

“这是不错，”她说，“可还得等上好几个星期，我都已经答应普莱斯一家，让她明天去他们家参加生日聚会了。”

小念恩听到这个消息，非常兴奋，因为这是她第一次参加聚会。我也一样。第二天一早，外婆带我们出去买东西，街上那么多漂亮的商店，看得我眼花缭乱。那个时候，街上还买不到现成的衣服，全都要靠手工做。要是找不到一个手巧的裁缝给你量体裁衣，那可就惨了。一个裁缝往往要在一户人家里住上几个星期，好为各个家庭成员缝制合身的衣服。

“不管怎么说，我得给你买一条玫瑰花苞图案的腰带，再买一双新便鞋。”外婆坚定地说道。事实上，她做的可不止这么多。

便鞋是用上好的山羊皮做的，鞋带在脚踝那里交叉，并

饰以丝带。新腰带立刻就换掉了她原来那条印度纱的，小念恩的头发被梳得油光发亮，她妈妈的一条蓝色珐琅吊坠也拿出来派上了用场，外婆说她的样子虽然还不够理想，也算凑合了。只是她不知道怎么才能去掉那些讨厌的雀斑。我在想，怎么没人给我打扮打扮啊，心里不由得着急起来。到了临出门的时候，小念恩才找了一块从她的腰带上裁下来的布料，给我当披肩，又把我的珊瑚链子拉出来，尽量让它显眼一些，我们就出发去参加聚会去了。

普莱斯家和外婆家只隔了几道门，外婆派了一个女仆送我们过去，一会儿就到了。他们家也是砖头砌成的房子，也很漂亮。我们把外套放在一张遮有顶篷的床上，上面已经放了不少帽子和小斗篷了。楼下传来叽叽喳喳的说话声，就像那棵老松树上小乌鸦们的喧闹，我都没什么下楼去的兴致了。不过，我们还是下了楼。小念恩一手拿着我，一手抓住楼梯扶手（她还不习惯走楼梯，在印度当地人都习惯盖平房）。一位身材高大的女士穿着比外婆的绸子衣服还要响的绸子裙，走过来迎接我们。她在小念恩的脸上热情地亲了一口。

“啊，”她看着小念恩说，“让我好好看看你，看你长得像父母哪一边的家人。”

“我哪一边的人也不要像，”小念恩说，经过一天的岸上生活，她已经不那么害羞了，“长大了我要戴鼻环。”

听到这话，那位女士吃了一惊。后来我听见她把这句话讲给另外一位女士听，又补充说她可不羡慕那两位老人家的生活，将来他们还不得被这小姑娘牵着鼻子走。

我们被领进了一个很大的房间，里面全是穿着蓬蓬裙，系着艳丽腰带的小女孩。她们戴着鲜艳的蝴蝶结，裙子上是浆过的褶边，腿上穿着蕾丝边的裤子，头上的卷发闪闪发亮。我想起了热带地区的花蝴蝶，看得入了迷，却没想到她们待人接物的态度远没有外表这么迷人。而她们也同样根据外表错待了我。从那以后，我再也不相信人性本善了。大人们一离开这个房间，那些小女孩就都围过来，对我和小念恩的打扮评头论足起来。她们捂着嘴，嘁嘁喳喳地说着悄悄话，那种表情和态度让人联想不到什么好事。也许她们这么做不是故意要伤害我们，但是我和小念恩就是感觉不到什么善意。

“要是在印度就穿成这样，那我一辈子都不要去印度。”一位穿着时髦花布裙的小姐说道。

“你怎么长了这么多雀斑？”另一位小姐轻蔑地瞥了一眼小念恩，无礼地问道，“你的裙子怎么从上到下一条花边都没有？”

小念恩哪受得了这个，她原以为自己打扮得可美了呢！在她们粗鲁的拷问面前，我只能替小念恩感到难过，她一个人怎么应付得了这么多人的讥讽啊。她只有瞪着她们，就好像落入了一群陌生野兽的魔爪中。这可怪不得她。接着她们一看到我，就都把注意力集中到我身上，开始嘲笑起我来。

这下我反而觉得轻松了不少。至少这样也算给她解了围，我想，回家以后她会感谢我的。

瞧那些孩子说的话！就没一句能叫人好受的，直到今天想起来我还很伤心。如果我不是一个有过历练的娃娃，缺乏自信的话，一定经受不住她们将近半个小时横挑鼻子竖挑眼的挖苦。在那帮小姐们看来，我是一个丑陋的旧东西，能把人给吓死，一看就是刚从诺亚方舟上下来的。

最让我伤心的是，还有一个小姑娘说我好像是猫从垃圾堆里叼出来的玩意儿。当然啦，我自己也知道，在经历了海上漂流、烈火熏烤和热带太阳的曝晒之后，我不能指望自己还能像刚雕好的时候那么好看，只是不知怎的我没有想到这些磨难带给我的伤害竟如此之大。我知道我的脸上有点饱经沧桑，可是别人也一样啊。总之，这句话深深地伤害了我，还好他们看着我是猜不到这一点的。不，我始终都做好本分，始终保持愉悦的表情。

那些女孩子纷纷把自己的娃娃拿了出来。说老实话，跟它们比我实在是毫不起眼。首先我的个子就比它们小多了，那些娃娃都是大块头。好多娃娃的脑袋都是瓷的，上面涂了漂亮的釉彩。还有几个做工十分精致的蜡娃娃，头发是真的，还有大大的玻璃眼珠。在那天的娃娃当中，只有我一个是木头做的，就是它们当中最朴素的那个，跟我比也算是位公主了。我想，要是小念恩把我的珊瑚链子拿给她们看，大概还

跟其他娃娃摆在一起我毫不起眼

能给我争回点面子，可谁知道，她心里想的却是怎样尽快让我从眼前消失。

后来，孩子们被叫到屋子另一边的餐厅去吃饭了，她们匆忙地把各自的娃娃堆在了火炉前的一张大沙发上。我被放在一个瓷娃娃和一个大个儿的蜡娃娃中间，那个蜡娃娃真美。这个位置可真尴尬。我和它们几乎无话可说，但我能感到它们对我的不屑。

在这个世界上，长得漂亮并不能代表一切，我对自己说。

当时这句话简直成了我的精神支柱。不过，我决心不管怎样，都要表现出自己最优秀的一面，不要给小念恩丢脸。唉，我又怎么能想到，当她坐在长条桌边与那些孩子一块儿吃饭的时候，心里却另有计划呢！

之后，最令人难以置信的一幕发生了，这一段我真不愿写出来，但故事还得继续。

点着蜡烛的生日蛋糕被抬进了餐厅，孩子们都从座位上站起来，围拢过去吹蜡烛。这时，小念恩瞅了个机会偷偷溜出来，眨眼就跑到了我们娃娃待着的大沙发前。我以为她是来抱我去参加欢乐的聚会的，可她不是，她心里想的完全是另一回事！

我还没反应过来究竟是怎么回事，她已经一把抓住我死命地往沙发的角落里塞了。我太大了，塞不进去，可她下定决心，非要用手指头把我推进去，一直到看不见为止。

沙发是马鬃毛做的，扎得我浑身难受。要不是因为我是一块结实的花楸木做的，恐怕早就裂成两半了，但我还是挺了过来。被塞进去之后，我发现里面还有一小点空隙，就在沙发架子和沙发垫子之间，有一个小老鼠洞那么大，之前大概就是哪只单身老鼠的家。

我躺在那里，陷入了绝望。我听到了小念恩跑回餐厅的脚步声——她抛弃了我！而我还在想，这怎么可能？在她困难的时候是我挺身而出帮了她。一想到一直以来我都把她当成亲人，而她却以我为耻，我心里真不是滋味。当我终于明白她是真的不要我了的时候，一阵从未有过的痛苦涌上我的心头。后来，要回家了，孩子们都回来拿自己的娃娃，我听到她们在哀叹，说我的邻居美人蜡娃娃因为离炉火太近，有一边脸都开始熔化了。本来听到这个消息我或许会高兴一点，可看眼下这个情况，哪个娃娃也高兴不起来吧。

CHAPTER TEN

第十章

我得救了，还去听了演唱会

我不知道自己在那张马鬃毛的沙发里究竟待了多久，反正我始终抱定一个念头：人能适应任何情况。挤在这么一个狭小的地方，被粗鲁地塞进来，只得弯腰屈膝地躺着，我当然觉得很累，但是比起心里的屈辱，这点辛苦也就不算什么了。

在那次生日聚会不久后，这张沙发就被搬上了阁楼，腾出地方摆放新的花梨木织锦沙发。我听到他们讨论了很长时间要不要把这张沙发换掉，心里直希望他们赶紧把这旧沙发弄坏，这样我就能出来了。结果，那两三个人扛起沙发上了几段楼梯。从那以后，我就过着单调无味的日子，只有蛾子和一只到处咬东西的老鼠偶尔来到这里，而且因为马鬃毛太硬了，它们很快也都不来了。

这段充满煎熬的日子也给了我很多时间来思考。小念恩刚遇到那么一点小挫折就把我抛弃了，看来她唱过的那些赞美诗、学过的教义问答，以及听过的圣经对她的心灵都没有什么帮助。我一点也不怀疑，她会在外公外婆面前随便找个借口解释我的丢失，然后那两位慈爱的老人一定会给她买一个她想要的蜡娃娃。

先敬罗衣后敬人。我窝在满是灰尘的小洞里叹气，保不住外表的人要想立足于世，可真艰难啊。

我是这么理解的，不时地试着用记在脑子里的那些赞美诗和《圣经》经文来安慰自己，尤其是那些讲人类感情的易逝与善变的章节。

待在这沙发里的岁月，我有足够的时间去做这些。等最终获救的时候，我才发现，那次生日聚会的主角都已经长大结婚了。我成了她的一位小表妹的娃娃。而且我很高兴地发现，比起那些布娃娃和瓷娃娃来，我的新任小主人更喜欢我。

我是这样得救的：每当雨点开始敲打我头上的锡屋顶时，有一群孩子就会到阁楼上来玩。我总是盼着这群孩子的到来，喜欢听他们吵吵嚷嚷，大声说笑。虽然等晚饭的铃声响起，他们下楼以后，我总是会觉得更加孤独。这一天，又来了不少孩子，有男孩也有女孩。

“我们在沙发上玩开火车吧。”一个孩子提议。他们便都挤上了沙发。

那时候，我并不知道火车是什么东西。不过，等我从沙发里出来以后，很快便知道了。原来就是它代替了四处跑的驿马车。这些孩子模仿蒸汽火车发出轰隆隆的声音，使劲在沙发上踩啊踩，在我身上跳来跳去，我想这下子我和这沙发都得被他们折腾得散架了不可。不过这沙发架子可真结实，就像和我一样是用花楸木做的。就在我希望沙发散架，想着哪怕把自己摔成木片至少也自由了的时候，有一只手伸进缝隙触到了我的身边。你们可以想象一下，我当时有多担心这手还没碰到我就缩回去了呀，再想象一下当发现它正好抓住了我的腰时，我心里的那阵喜悦！

接着我就看到了所有孩子的脸。他们都低着头在看我，还用手指头戳戳我，脸上满是好奇。

“哎呀，是个娃娃，”他们喊道，“一个好好玩的木头娃娃！她是怎么掉进这旧沙发里的？”

他们赶忙下楼把我拿给家里的各个大人看。大人们也不知道我是怎么掉进去的，而那个可能会记得我在她的生日聚会上出现过的大表姐，婚后搬到堪萨斯州去了。堪萨斯州，我可从没听说过这个地方。

就这样，克拉丽莎·普莱斯收留了我。我和她在一起度过了一生中最快乐的一段时光。那段时光虽然平淡无奇，却让我学到了很多有用的知识，令我后来受益匪浅。要不是克拉丽莎不久之后带着我去离家不远的女子学校上学，我可能至今还不知道要怎么拿起笔写回忆录呢。

克拉丽莎是个安静的孩子，比我的前两任小主人年龄要大一些，因为她找到我之后不久就过了十岁生日。她的身体有点弱，不像她的兄弟姐妹和街对面经常过来玩的堂兄堂弟那样爱跑爱玩。她有一张表情严肃的小脸，一双灰色的眼睛，下巴尖尖的。她那一头柔软的棕色头发，很少像别的孩子那样弄得乱糟糟的。她的手小小软软的，做起针线活来比我的前两位小主人可强多了。这可真不错，因为我正需要些衣服呢。得到我的当天，她就开始忙着给我添置衣物。很快，她就发现了我那绣在内衣上的名字。

“您过去一定很受器重，希蒂。”她说，“戴着珊瑚链子，还有人用十字绣给您绣了名字。”

一开始听到她说“您”,我有点摸不着头脑。后来才知道，他们一家是贵格派教徒，彼此之间都称呼“您”。所以再听到她这么跟我说话，我就很高兴了，这说明她已经不把我当外人而是把我当成家人了。克拉丽莎的妈妈觉得我不应该戴那串珊瑚链子，她衣着非常朴素，身上没有任何首饰。用她的话说，首饰什么的都是“花里胡哨的俗气装饰”。可克拉丽莎老是求她，她也看到这串珊瑚链的确跟我很相衬，于是就答应把它留了下来。条件是克拉丽莎不能过分迷恋这些东西，而且要给我做件高领的衣服，尽量把链子遮住。克拉丽莎听话地照做了，不过常常会掀开我的衣服领子，看看链子是不是还在。她从来没有吊坠或是什么颜色鲜艳的服饰，因为她妈妈不让她穿戴这些。她的宽边草帽上垂下来的一条蓝系带，就是她最奢华的装饰了。

不过，尽管我的衣服颜色不那么亮丽，数量却很多，而且我的两件套都是可以脱换的。其中一件是家常服，用米色带棕色树枝花样的印花布做的，周一到周六穿；另一件是珍珠灰的丝绸衣服，按贵格派教徒地道的风格做的，脖子下面饰有一块白色的三角薄巾，配一顶便帽，“第一天”也就是普莱斯家口中的星期天穿。

“现在她看上去像自己人了。”看到我穿上这些，克拉丽莎说。后来我才知道，贵格派教徒们提到“自己人”的时候，就是指和他们信仰相同的人。

“确实。”普莱斯太太赞同地说，“我几乎都要指望她在信仰的感召下在我们的聚会上发言了。但是，您千万不能把她带到聚会场所去。”

我因此得知，尽管在服装和交通工具等方面，世界已经发生了很大的变化，但是不许带娃娃进教堂这一条还是没变。克拉丽莎带我去逛街，或是当我从临街的宽大窗户台上望出去看人来人往时，我发现人们的穿着已经发生了很大的变化。

女人的裙摆比过去圆了许多，她们在里面穿上了一种叫作鲸骨圈的东西，把裙摆撑得鼓鼓的。我都怀疑那些把裙腰勒得太细太紧的女士们，还喘不喘得上气来。克拉丽莎的姐姐露丝，常常羡慕地看着这种漂亮的衣服叹气，有一次她还说要是没生在贵格派人家就好了。她是个漂亮的女孩子，有十八岁了。她有着漂亮的粉红脸蛋、乌黑的眼睛和头发，只是比较沉迷于俗世的虚荣——普莱斯太太总这么说她。

露丝喜欢收集一些丝绸和薄纱的布头，让克拉丽莎给我做衣服穿，她还帮着克拉丽莎做。实际上，那个娃娃屋就是她的主意。她在阁楼上发现了一个木头盒子，就把它洗刷干净，告诉克拉丽莎怎样把它改造成一个一居室，给我做一个可爱的娃娃屋。克拉丽莎做上了瘾，很快就给盒子的四面糊上纸，并用一个小盒子扣过来给我当长椅。一个表姐到她家来玩，带来了一张小掀盖书桌，跟克拉丽莎在家庭学校里的那张一模一样。于是，我也能坐在自己的书桌前有模有样地学习了。克拉丽莎又给我裁了一些邮票那么大的纸头，她的哥哥威尔给我做了一支鹅毛笔，用的是从邻居家鹦鹉身上掉下来的一根羽毛。羽毛是鲜艳的绿色，上面带点红，我想普莱斯太太也许会觉得太花哨，不适合一个贵格娃娃。可这次我想她没有反对，因为鹦鹉天生就是这个颜色。

“大自然是完美的，不需要人类去粉饰。”她过去总是这么说。我听到这话，总是会想到岛上的那些土著，不知道她

我也能坐在自己的书桌前有模有样地学习了

要是看见他们把自己涂成那样，会说些什么。

我在自己那间装饰一新的小屋里，度过了很多个勤奋向学的快乐日子。那年深冬，我又得到了一块比例恰当的编织地毯和一只小瓷狗，小狗趴在毯子上面正合适。

不过，现在我讲得有点操之过急了，因为在那年的八月份我从阁楼被救出来到第二年年初的那段日子里，其实还发生了不少事情。大概是十月底的时候，传说歌剧女王阿德丽娜·帕蒂要来了。人人都在谈论她，说她有一副悦耳的好嗓子，能唱出许多又高又复杂的颤音。她比露丝大不了多少，却已经名震纽约了。这次她来费城只开一场演唱会，然后就要过海去欧洲，给那里的国王王后们唱歌。很快，费城的学校以及各种聚会上，甚至街头巷尾，人人都在谈论哪些人能有幸亲耳一闻阿德丽娜·帕蒂的歌喉。

露丝可想去啦，可她父母认为听演唱会过于奢侈，过于俗世，不予考虑。克拉丽莎连问都没问，她是个务实的小孩，知道问了也是白问。但她竖起耳朵听着人们谈论阿德丽娜·帕蒂，还从一张别人送给她的报纸上把这位年轻歌唱家的照片剪下来，贴在我小屋的墙上。所以我很熟悉十九岁的帕蒂的样子，就像我自己的一样。我觉得她的长相也不是很漂亮，不过我那时就知道，是她的嗓子和嗓子里唱出来的声音了不起。

开演唱会那天早晨，全费城的人都沉浸在兴奋和好奇之中，就连房屋也都像是在等着听演唱会一般。克拉丽莎带我到学校去，她坐在远离讲台的一个角落里，把我放在课桌盖下面。我听到的全是要去听演唱会的几个幸运女生的小声议论。一共有三个人，很容易就认出来，因为她们为了去听演唱会，头上用卷发纸做了发卷。不管是课间还是课上，她们不停地说着悄悄话，说呀说呀，说的全是这事，一直说到放学。

回家的路上，常常有一个叫保罗·施奈德的圆脸男孩跟我们一道，还帮克拉丽莎拿书。今天也是如此。他是个德国小子，就住在克拉丽莎家附近。他穿的是旧衣服，说话很慢，还带德国口音，在学校里，有几个女生总爱拿他开玩笑。他的爸爸在另一条街上开了一家面包店，为此好多人不愿意跟他一块儿走。但我很喜欢他。

“你想去听音乐会吗？”没想到他竟问了克拉丽莎这个问题，“你想不想去听阿德丽娜·帕蒂的演唱会？”

我真怀疑自己听错了。“想，”克拉丽莎说，“非常想，只是我去不了。”

“去得了。”保罗的圆脸上露出了快活的笑容，“我能带你进去。”

我感到克拉丽莎轻轻颤抖了一下。

“怎么进去？”克拉丽莎难以置信地说，“要花好多好多钱才能进去的，而且门票在几个星期前就卖完了。”

“我不用门票。”他回答说，“我叔叔汉斯在乐队里吹长笛，他可以带我们跟乐团的人一块儿进场。他都带我去过好多次了。”

听他这么一说，小克拉丽莎激动得浑身发抖。我知道她脑子里在琢磨什么。我们俩都没忘，克拉丽莎的爸爸妈妈说过晚上要去一个亲戚家里吃饭，很晚才会回来。听着保罗继续讲他给她想好的计划，克拉丽莎激动得双颊绯红。她可以先假装回自己的房间睡觉，然后偷偷溜出来，在街角跟保罗碰头，再一起去剧院，就这么简单。保罗说得越好玩，克拉丽莎就越想去。我想，一个小姑娘，平日里越是循规蹈矩，一旦面对诱惑，恐怕就越难抵抗了吧。她马上就答应了保罗，到时候和他还有他叔叔碰头，一起去剧院。

整整一个下午，我坐在小屋里，对着阿德丽娜·帕蒂的照片，琢磨着克拉丽莎会不会也带上我。晚饭前，克拉丽莎送走了爸爸妈妈，回到房间。我一看到她的脸涨得通红，黑眼珠又大又亮，就知道她是肯定要践约去找保罗了。看到她从盒子里取出我的衣服，忽然有了一种犯罪的快感涌遍我的全身。她替我脱下印花布外套，换上了那件丝绸的。那条白色的薄巾围在脖子上有点痒，可我不在乎，因为戴上它我显得更漂亮了。克拉丽莎违背了她妈妈的意思，把我的珊瑚链子拉到了衣服外面，我可高兴啦。

事情比预想的还要顺利。露丝一直催着弟弟妹妹们快吃晚饭，吃完了赶紧上床睡觉，因为她急着要出门。她已经接受了不能去听演唱会的事实，决定去找朋友玩一玩。但在那之前，她得先把弟弟妹妹安顿好。她把威尔赶去做作业，又把小弟弟们哄到房间里去睡觉。

“您可以九点钟再睡。”她对克拉丽莎说，“睡觉前把衣服叠好，放在椅背上。”

没等克拉丽莎回答，露丝就出门了。一看到她拐过街角，克拉丽莎就向楼上的房间冲去。她把我放在五斗橱上，双手颤抖着，快速地从橱子里抽出了她那件灰色的美利奴羊毛衫和一条大摆裙，又换上最漂亮的衬裤和最好的便鞋，便鞋上装饰着漂亮的十字花结。最后，冲动之下她跑进了露丝的房间，从上面的抽屉里拿了一条蓝丝缎的腰带出来。这条腰带是别人送给露丝的礼物，妈妈都不允许露丝经常系。克拉丽莎飞快地做完了这一切，一点都没有惊动别人。十一月的暮色降临的时候，她已经披上了那件棕色的连帽斗篷，偷偷地从边门溜出了房子。我藏在斗篷下面，也要跟她一起去听阿德丽娜·帕蒂的演唱会了。没人看见我们出门，佣人们都在厨房里忙活，威尔正在做他的拉丁语作业，两个小弟弟在楼上沉迷于一个大人们平时不让玩的游戏中。

夜晚来临，秋风中已经有了阵阵凉意。点灯人把点灯的时间提前了，灯已经亮了，挂在灯柱上像个幽灵。克拉丽莎飞快地跑过街边那些熟悉的房子，我听到她的心在怦怦狂跳，呼吸也很急促。我想她是害怕会有邻居走出来，问她这么晚了一个人要去哪里吧。还好没有人出来。也许邻居们正在吃晚饭，或是他们也在准备去听阿德丽娜·帕蒂的演唱会。

保罗和他的叔叔汉斯已经在下一个街角等着了。保罗围着一条爸爸的苏格兰方格呢围巾，看上去都有点不像他自己了。他和克拉丽莎手牵着手，紧跟在汉斯叔叔身边。汉斯叔叔胖胖的，又穿了一件带好几层披肩的大衣，看上去就更胖了。他在胳膊下面小心地夹着一个黑色的皮匣子。保罗说皮匣子里装的是长笛，到了剧院就组装起来。克拉丽莎一路小跑，斗篷也被风吹得飘了起来，我这才有机会看到了周围。两个孩子很少说话，因为他们需要把气力都用在紧紧地跟着汉斯叔叔的步伐上面。显然他们有点晚了，汉斯叔叔还担心要是乐团的其他成员已经进去了，就很难把他们俩带进去了。我们终于来到了剧院前的那条街，街上已经停满了各式各样的马车，剧院门口灯火辉煌，人头攒动。

“啊哈！”汉斯叔叔小声地说，“瞧这热闹的，还有一个小时才开场呢。”

他叫两个小家伙牢牢抓住他的衣摆，照他的话去做。我们来到剧院开在胡同里的一处侧门，这儿也挤了不少人。汉斯叔叔用德语和这些人大声地打着招呼，他们手里大都拿着一件大大的乐器，导致我们费了点劲才从一个身背大贝司的人身边挤过去。终于进去了，我们来到了一个比较开阔的空间，这里被叫作“翅膀”[1]，真奇怪，我可看不出来

[1] 此处原文 wing 既有“台侧”，也有“翅膀”的意思，希蒂误会了。

哪儿像翅膀。汉斯叔叔跟一个叫奥尔的人说了几句，看起来奥尔是这里的负责人，他点了点头，向保罗和克拉丽莎招了招手。

“现在你们俩就归我管了。”他说，“保证你们什么也不会漏掉。”

乐手们都坐到了外面那个后来我才知道叫舞台的地方，但现在幕布还没有拉开，我还看不见。乐手们把乐器拿了出来，边聊天边忙着校对音准，翻找乐谱。我们看见汉斯叔叔坐在离我们很远的地方，把长笛举到了唇边。保罗认识很多在台上演奏的人，指给克拉丽莎看这个是谁那个是谁。但是这里太吵了，我听不清他具体说了些什么。今晚，克拉丽莎彻底沉浸在快乐之中，只有一次我记得的确听到她说了一句不该偷偷来这里之类的话，但是她接着又提醒自己和我，我们并没有像露丝那样跟妈妈央求过要来听演唱会。

“这么说来，我实际上也没有不听话。”她大声地说。

保罗正忙着告诉她，幕布的前面装了好多盏灯，幕布一旦拉开就会亮起来，所以根本就没问她怎么冒出这么一句话出来。很快，激动和期待的情绪越来越高涨，他们也就顾不得去想别的了。旁边还有别人站着，但是我们的朋友奥尔是个说话算数的人，他站在我们旁边，不让别人挤到我们前面去。我们能听到从幕布前面传来了嘈杂的人声。

“今晚观众很多。”他对我们说，“自打这剧院建成以来，还没见到过这么多人呢——当然，除了詹妮·林德在这里开演唱会的那次。我希望帕蒂有一天也能像林德那样有名，毕竟她现在才十九岁。”

演出终于开始了，我们的朋友奥尔拉动身边的几条绳子，幕布在乐手们的另一侧就拉开了。灯光比保罗描述的还要明亮，枝形吊灯下面悬挂着水晶，折射出彩虹般的光芒，映得台下那数不清的脸庞就像是六月草地上盛开的雏菊。二楼的包厢也坐得满满的，似乎没有留下一丝空隙。到处都是乱哄哄的人声。克拉丽莎抱怨太热了，奥尔就把她的斗篷和保罗的围巾一块儿放到了一张高高的凳子上，然后又把克拉丽莎放了上去。克拉丽莎紧紧抓住我，我们在这里能清楚地看到音乐家们把头靠在各自的乐器上，开始演奏。霎时，整个剧场就充满了乐声。

尽管我没什么音乐天赋，也一直没有机会在音乐圈子里混迹，但我永远也不会忘记那个夜晚，不会忘记从那个瘦瘦的锦衣华服的黑眼睛姑娘嘴里唱出来的美妙歌声。她被人引着从化妆室里出来时，我们周围的人立刻涌上前去，把她围了个水泄不通。一个胸前挂着许多金链子，手里拿着金头杖的大汉不得不用力把人群推开，好让帕蒂走过去。他一直把她护送到舞台中央、乐队中间的一块平台上。她往台上走的时候，乐队并没有停止演奏，但是观众一看到她，就开始叫喊、跺脚、鼓掌，如果不是看到那些拉弦和按笛孔的手在动，我们根本不知道乐队还在演奏。

我必须承认，虽然对我来说，从一个质地优良的瑞士八音盒里传出的乐声就已足够美妙了，但我还是要说，再没有人能比那晚的阿德丽娜·帕蒂唱得更好了。面对观众，她镇定自若。有人朝她站的那块木头台子上投去一朵玫瑰，她弯下腰平静地捡了起来，就好像面前并没有千百双眼睛在注视着她。接着，她开口唱了起来。

“啊，真是个天使。”听她唱完第一首，站在我们身后的一个德国老太太抽泣着说。

然而，我对帕蒂的评价和这位老太太不同。在我看来，帕蒂更像是一只棕色的画眉或是草原上的云雀。在一首歌里，她也的确模仿了鸟的声音，里面有花哨的颤音和鸟雀叽叽喳喳的叫声。她的歌声余音绕梁，观众们变得疯狂起来，不停地喊着她的名字，大叫“安可”。保罗告诉克拉丽莎，这个词就是“再来一个”的意思。帕蒂反场了多次，观众们不断地往台上抛掷鲜花。最后，乐队不得不停止演奏，舞台上的鲜花已经多得捡不过来了。观众们仍然不住地向她鼓掌，她一定在不停地微笑、鞠躬。不止是台下的观众向前涌来，她身后的人也激动地围过去，有的都站到了舞台上。

我不知道克拉丽莎是什么时候又是怎么从那张高凳子上下来的，反正她一下来，就只能身不由己地被人群推来搡去。她紧紧地抓着我，尽力靠近保罗。她这会儿像换了个人似的，脸蛋儿通红，眼睛熠熠发亮，一向梳得光溜溜的棕色头发凌乱地披散在肩上。她的手好烫，把我的白色薄巾抓出了好多褶皱。我们被人群挤上前去，一直被挤到了舞台上的灯光里，暴露在众目睽睽之下。

我们怎么会走到那么靠前的，我一点都没感觉，只是忽然就发现我们都快站到帕蒂所在的那个平台旁边了。乐队成员和他们闪闪发亮的乐器就在我们近旁。记得我当时还吃了一惊，心想原来小提琴的弓弦不像我想的那样是用鲸鱼骨做的，而是用很多上好的、光滑如玻璃一样的毛发做成的。再接下来，我们也站到了阿德丽娜·帕蒂的平台上。

不是所有挤上台的观众都上了那个平台，是只有我和克拉丽莎上去了。一定是一个乐手把她举到了那位了不起的歌唱家身边。事情发生得太快，我都来不及害怕，只觉得激动万分。台上台下叫好声、鼓掌声响成了一片，我们就站在阿德丽娜·帕蒂身边。我打量着她，她和照片上很像，个头比克拉丽莎高不了多少，头发用彩色的丝带精心地编过，按照一种老式的外国发型，一道一道地盘在头上。她的眼睛像雨后的黑莓一样晶晶发亮，她的喉咙好小，那么多好听的歌儿就是从这里出来的吗？她和气地对着我们微笑，向克拉丽莎伸出了一只手，她的手指修长，皮肤是棕色的。不巧的是，当时克拉丽莎靠近她的那只手上正拿着我，她太激动了，竟没有想起换一只手。也有可能是，众目睽睽之下她突然发现自己的蓝丝缎腰带歪了，脑子一时发了懵。最后，她总算是想起来把我换到另一只手上，又握住帕蒂的手。人群中爆发出一阵欢呼，我们身上被抛来阵阵花雨。

接下来还发生了什么，我可就记不清了。阿德丽娜·帕蒂穿过人群准备离去，人们却不肯离开，他们紧紧尾随着她，想再看一眼她的芳容，或是从她那里接过一枝鲜花，甚至扯扯她的衣服上的褶边。这种场合可不适合一个十岁的小姑娘和我这样一个个头较小的木头娃娃。有那么一会儿我真担心我们要被人群给淹没了，周围那些圆圆的鲸鱼骨撑也没起什么作用，我们像是被挤在了一个由丝绸、缎子和长裙的衬架组成的森林中。克拉丽莎已经找不到保罗了，挤在这么多成年人中间，她几乎喘不上气来。我真怕她会晕过去，因为我听到她一边大声喘着粗气，一边喊着奥尔和汉斯叔叔。我时刻担心自己会从她手里掉下来，被周围拥挤的人群踩在脚下。仿佛过了很长时间，实际上可能也就是十几分钟的时间，奥尔就找到了我们，设法把我们拽到安全的地方。克拉丽莎终于能透口气了。

“这些人都失去理智啦，小孩可不能再待在这里了。”他说着，把我们一边一个搂着，护送到了一扇边门旁。就这一会儿工夫，人群中传出了阿德丽娜·帕蒂要上车离开的消息，又有许多人挤上舞台，挤进了舞台两侧。

汉斯叔叔和保罗正在边门口等着我们，我们立刻出了门。

已经没法回头去找克拉丽莎的斗篷和保罗的围巾了，汉斯叔叔用一块大羊毛围巾把克拉丽莎包住，我们随即往家里走去。

“好了。”等我们走到通往自己家的路口时，汉斯叔叔说，“你大概一辈子都忘不了今天这场演唱会吧，好多人都想听呢。”

克拉丽莎又冷又累，说不出话来，只是跟汉斯叔叔简短地道了声“谢谢”和“晚安”。她刚要从边门上楼回自己的房间，就听见从大门口传来了说话声，接着客厅里的灯也亮了，克拉丽莎的父母从屋子里跑出来迎向我们。

“噢，妈妈，”克拉丽莎说，“您要是知道我和希蒂去了哪里，就会让我们进门了。”

她开始边喘着粗气边哭着叙述，冷得牙齿直打颤。可似乎在她开口前，父母就已经知道她去听演唱会了。原来，他们在亲戚家吃完晚饭之后，凑巧也去了演唱会现场。显然，那天晚上他们也是吃惊不断——最让他们吃惊的当然是看到自己的女儿上了舞台，和那位伟大的女歌手站在了一块儿。第二天，我听到她妈妈把这件事讲给一位邻居听，还从报纸上念了一段话，上面提到克拉丽莎是一位“贵格派小姑娘”。

“要是我事先知道克拉丽莎在那样一群人中间，我就没心思去听演唱会了。”普莱斯太太接着说道，“你想想，看到她站在舞台的灯光下，我和她爸爸是个什么心情。他想上去把她拉下来，可当时根本挤不过去。”

“她要是我的女儿，”这位邻居说，她是一个很凶悍的寡妇，附近的孩子都不喜欢她，“我就要给她点教训，让她关于那天的回忆不止有阿德丽娜·帕蒂而已。”

我懂她的意思，普莱斯太太也懂。但是她觉得克拉丽莎已经很难受了，所以只是让她在床上躺了几天，以防感冒。普莱斯太太还帮克拉丽莎补好了她的衣服和露丝的蓝丝缎腰带，至于那件棕色的连帽斗篷，就从此不见了踪影，尽管汉斯叔叔和奥尔赌咒发誓说已经四处找遍了。

CHAPTER ELEVEN

第十一章

我照了一张银版相片，还见到了一位诗人

那段时间还有两件大事我记得特别清楚。第一件是克拉丽莎的爷爷决定带她去照一张达盖尔银版相片。这是当时流行的一种照相法，如今想来仍让我怀念不已。这种照片是用照相机照在一块小玻璃感光板上，进行适当的着色处理之后，再嵌入一个有红绒布和金色树叶花纹镶边的小黑盒子里。露丝的银版相片是在十八岁生日的时候照的，无疑，要是没有爷爷插手，克拉丽莎也得等到十八岁时才能照上一张。但爷爷比较偏爱克拉丽莎，因为她长得很像他早年去世的小妹妹，那个小妹妹也叫克拉丽莎。普莱斯爷爷有一张她美丽的微型

肖像，就嵌在一个胸坠里面。克拉丽莎带我去他的大房子吃星期日晚餐的时候，他有时会拿出来给我们看。他也想要一张他的孙女在这个年龄的相片。

于是一天，克拉丽莎穿上了自己最好的衣服，这次是一件棕色的羊绒毛衣，之前那件灰色美利奴羊毛衫自从去了演唱会之后，就被扯得走了形，没法再穿了。我们去了一家达盖尔银版照相馆。克拉丽莎的爷爷是个慈祥而又健谈的老绅士，一路上都有人和他打招呼。我真怀疑这样下去，走到太阳落山我们也走不到照相的地方。好在还是走到了，接着我们就开始翻看一个又一个小盒子，摄影师告诉我们这些姿势的相片他都拍得出来。

拍这种相片需要在相机前端坐好长时间，眼睫毛都不能眨一下。好在克拉丽莎原本就是个安静的孩子，而这对我来说更不在话下了。我想象着自己坐在那张铺着深红色绒布的桌子上，照出来的样子一定很好看。克拉丽莎一只手放在桌子上，手里抓着我。几天以后，我们又去了一趟照相馆。摄影师要在上色之前再看一眼克拉丽莎，因为她爷爷强调头发和眼睛的颜色一定不能弄错，而且不能把腮部画得太红。我都等不急想看到自己在照片上的模样了。

所以，你可以想象，当看到照片上根本就没有我的时候，我是个什么心情了。底板上的影像正好截到了我的头顶上，我失望极了。克拉丽莎不愿意就这么放弃，她一遍又一遍地重复：“我要把希蒂也照上，我要把希蒂也照上。”

不管摄影师怎么解释，爷爷怎么劝说，都没用。但这些相片拍出来的效果非常好，摄影师不能肯定再拍一次还会不会有这么好。最后，他想了个主意。

“没能让您的孙女满意，”他用一种奇怪的外国方式鞠了一个躬，说，“是我的错。也许她愿意让我为这个娃娃单独照一张？”

克拉丽莎喜欢这个主意，而我简直受宠若惊。我的表情是刻在脸上的，自然可以一动不动，想保持多久就保持多久，要不然，老是保持这一个表情太遭罪了。为了帮我照相，摄影师费了不少劲，十足把我当成了一位尊贵的客人。美中不足的是，那天我没穿上那套最好看的衣服。不过克拉丽莎站在我旁边，给我理了理裙子，又把那串珊瑚项链拉了出来。摄影师拿来一个印有玫瑰图案的花瓶和一些黄色的浆果，放在我身后。凑巧的是，浆果的颜色和花楸木果实的颜色很像，用它们来做我的背景，真是再相衬不过了。

“后面的背景把她身上的浅黑色衬托得十分漂亮。”摄影师从三脚架上的相机里看着我说，“小姐，你是怎么称呼她的？”

于是克拉丽莎告诉了他我的名字，又告诉他我是从一张马鬃毛沙发里找到的，她还带我去听了阿德丽娜·帕蒂的演唱会。

“她的经历可真不少，看上去性格也不错。”摄影师对她说，“嗯，是的，能看出来，她既有见识，脾气又好。我要好好给她拍一张。”

他把脑袋伸到一块黑布下面，往相机里放了一块感光玻璃板。

“好了，希蒂小姐，”黑布下传来他的声音，“现在，请你保持这个姿势，一动不动。还有，请笑一笑。”

大概没有人能表现得比我更顺从了，这似乎让他很是满意。他对克拉丽莎和爷爷说，来照相的人里，还没见过像我这么听话的。

“明天她的相片就能弄好，请一起来拿。”他一边躬身送我们出门一边说，“向希蒂小姐致敬。”

他说到做到。第二天晚上，普莱斯爷爷吃过晚饭就带着相片来了。从他开心的样子，我能猜到相片很合他的心意。全家人都围过来看相片，纷纷议论着。看了克拉丽莎的，他们说照得很像；至于我的，可以说是特别好，大家喜欢得不得了，传来传去，不停地把那个小黑盒子打开又关上。最后我都有点担心了，相片才刚取回来一晚上，就要被弄坏了。第一眼看到那椭圆形盒子里的相片时，我真有点不敢相信自己的眼睛。我身上那件米色带棕色树枝花样的印花布裙工整地平铺在我周围，稍微露出了一点里面的衬裤；我的手和脚虽然是木头做的，但看上去就像真的一样；我的表情仍然是那么甜美，一如在缅因州老货郎刚刚把我雕出来的那个晚上。尤其是，摄影师还把瓶子上的花涂成了粉红色，浆果涂成了绿色和橘色，我的珊瑚链也给涂得光彩夺目。

我后来常常想，这张相片不知放到哪里去了，亨特小姐要是见到，肯定会把它收了。在我成为古董之前，人们就已经开始搜集用银版照相法拍出来的相片了，还把它们当成珍贵的收藏品来展览。当然这里面也有玩具娃娃的相片，不过都是和他们的小主人在一起照的，我还没有听说过有哪个玩具娃娃单独照过相呢。

这段时间的另外一件大事，我记得就是诗人约翰·格林利夫·惠蒂埃先生的来访。惠蒂埃先生是普莱斯家耳熟能详的一个名字，他不仅是普莱斯家的朋友，也是那个时代贵格派里最有名的诗人。他来的原因是，要在一个大型集会上朗诵一首反对奴隶制的诗。像绝大多数贵格派教徒一样，普莱斯一家也秉持解放所有南方奴隶的立场。他们大声朗读了一本书，名叫《汤姆叔叔的小屋》。在听这个故事，尤其是听到奴隶被鞭打和猎狗在冰面上追逐可怜的伊莉莎时，我不禁也难过起来。这些情节也深深地刺痛了克拉丽莎敏感的心，她妈妈只好不许她听下去了，怕万一她晚上做噩梦，最后还得要妈妈起床来安慰。直到今天我也没搞清楚这场纷争是怎么回事。我只知道这次集会很重要，并且普莱斯爷爷要亲自把这位诗人介绍给大家认识。

克拉丽莎的爷爷觉得要是她能事先背好这位诗人的一首诗，到时朗诵给他听就再好不过了。我却觉得，一位诗人也许更愿意听听别人的作品。从我听到过的诗里，我得出一个结论：写一首诗，既要用词恰当，还要做到押韵，是件相当困难的事。当然，我没法发表自己的意见。克拉丽莎抄下一首名叫《向蜜蜂倾诉》的诗，开始背诵。诗里有几个小节写得相当好，不过我认为，这种悲歌不适合让一个小姑娘念，因为诗里面讲的是一个小伙子重返农场，发现他的爱人已经辞世，只有干杂活的女仆边哼唱边在蜂巢上挂黑纱。克拉丽莎准备得很认真，到了诗人来访的那天，她已经背得滚瓜烂熟了。

从二楼的窗户里，我和克拉丽莎看到惠蒂埃先生坐着马车来了。克拉丽莎的爸爸和祖父把他迎上了门前的台阶，从外表上我实在看不出来他哪里像个诗人。为了迎接他的到来，我已经换上了我那身灰色的衣服。露丝来叫我们下楼去客厅的时候，我激动得有点发抖。

不过惠蒂埃先生只是一个瘦瘦的友善的人。他说话并不是总要押韵（我还担心他说话也要跟吟诗一样呢），那藏在灰胡子后面的嘴巴也和大家一样嘻嘻哈哈的。他们握过手后克拉丽莎马上就给他背诵了那首《向蜜蜂倾诉》，一点也没背错，大家都给她鼓掌。惠蒂埃先生很认真地听她背完，还向她说了声谢谢。

“您的嗓音很好听，孩子。”他说，“希望您永远也不必为了抗议而提高它。”

听着他们谈着话，我却没法插嘴，正觉得受到了冷落，这时惠蒂埃先生瞥见了我。不等他问，克拉丽莎就把我放在了他的膝盖上，又马上跑去拿来了我的银版相片。他看见我身上的贵格派装束，一下就乐了。他兴致勃勃地打量着我，听着克拉丽莎给他讲所有关于我的故事。

“希蒂，”他若有所思地重复着我的名字，“一个普通又好听的名字。”

他说他还没见过谁的面容像我这般安详。要不是恰好到了吃晚饭的时间，或许他还能再多说几句。

大人们不允许克拉丽莎和我去参加集会，露丝和威尔却能去。看得出来，惠蒂埃先生也替我们感到遗憾。不管怎么说，到了分别的那天，他把一张折好的纸塞进了克拉丽莎的手里。大家打开字条一看，原来是一首诗，是诗人亲笔所写，而且写的就是我。如果我记得没错，那诗的题目是《致费城的贵格娃娃》。诗的开头是这么写的：

谨以这些诗句来歌颂您，
您那低调的娇小身姿，
安宁的额头和灰色的罗裙，
让您如此卓尔不群。

很遗憾，我没有把这首诗记全。就连普莱斯先生和太太都被这首诗深深地打动了。他们把这张纸放在客厅，和我的银版相片搁在一块儿。我不知道这张纸后来怎么样了，怕是丢了，因为再没听后世有人提起过这首诗了，甚至《惠蒂埃诗歌全集》里都没有收录过。

接下来的这段日子有点说不出的奇怪。好多事情搅和在一起，搅得我的脑子好乱，不知道该从哪里说起。我记不太清楚是从什么时候开始，总是听人们谈起士兵、战争和一个叫亚伯拉罕·林肯的人。他们叫他亚伯拉罕·林肯总统。直到今天我也不知道什么是总统。我只知道《汤姆叔叔的小屋》，托普西、爱娃还有追赶奴隶的猎狗什么的，都跟这事有关。而普莱斯一家的脸色都不好看起来，去参加集会的次数也更多了。贵格派教徒认为，没有什么东西值得人们去自相残杀，但同时他们又支持林肯总统，认为南方人不应该建立自己的政府。

有一天，我记得很清楚，普莱斯爷爷脸色严峻地走进屋来，手中的拐杖不停地抖动着。

“萨拉，”他对迎上前来的克拉丽莎的妈妈说，“战争爆发了。”

当时我正坐在窗台边，听到了他的话，也看到了他给克拉丽莎的妈妈念征兵启事时老泪纵横的样子。

从那天起，整个城市的气氛完全变了。尽管我住在一个贵格派教徒家里，他们家也没有男人上战场打仗，我还是感受到了这种变化。好多次，我和克拉丽莎坐在门前的台阶上，或是从窗户里朝外望，都能看到一队队穿着蓝色军装的男人从门前走过，他们肩上扛着毛瑟枪，身上背着行李，迈着整齐的步伐，脚步快得像转车轮，看得人眼花缭乱。

有时候，保罗·施奈德会过来和克拉丽莎一道坐在大门口，一边看一边告诉她这些士兵是哪个团哪个团的，从哪里来。有一天，他念出一个令我大吃一惊的部队番号。

“看，”他指着一面旗子上的字说，“缅因州第十二步兵师。他们走了好远的路啊。”

我想起了位于巴斯和波特兰之间的普雷布尔家，我比他们俩更清楚这些士兵走了多少路。露丝则更关心附近被征召入伍的士兵，她认识的好多小伙子都到兵营受训去了。过去，她常给他们之中与她最要好的那几个小伙子织袜子、写信。其中有一个快乐的圆脸小伙子名叫约翰·诺顿，他从自己的第一套军服上剪了一粒纽扣下来，连同一张小小的锡版相片一起送给了露丝。我注意到，露丝很仔细地把这两样东西珍藏了起来。比起一年前，露丝变得端庄娴静了许多。这也是情理之中的事，没多久大家就都知道了，原来她已经答应了诺顿，等他跟着麦克兰将军打完仗回来，他们就结婚。露丝不在的时候，她爸爸妈妈认真地讨论了这件事，说要是诺顿能活着回来，可真是露丝的幸运了。

时间一天一天过去，报纸上每天都有新的阵亡将士名单和最新战况。我发现克拉丽莎不像以前那么关心我了，不是说她不再喜欢我，而是她必须要和家中的大人一样，帮着做一些以前从没做过的事。家里辞退了几个佣人，多了许多缝补洗涮的活要自己做；白天零碎时间和每个晚上女人们就聚在一块儿，刮干净棉布上的棉绒，给伤员们做绷带用。这个活干起来可不轻松，干不了一会儿指头就会变得又僵硬又疼。我坐在壁炉架一角自己的小房子里，看着她们干活，恨不得自己也能过去帮忙。我的木头手指不会像克拉丽莎的那样一刮就疼，用来刮棉绒正合适，可惜没人想到要叫我去干活。

现在，克拉丽莎的两个弟弟成天在院子里玩士兵打仗的游戏，家里的大人谁也没空管他们。威尔宣布再过一年他就要离家去参军了，露丝的脸蛋也失去了往日的光彩。她所有的时间都用来刮棉绒、缠绷带和等待前线的来信了。一天，她收到了一封信，信上说约翰·诺顿被一颗子弹击中腿部，受了重伤。克拉丽莎把这件事告诉了保罗和住在附近的孩子们。

“等他回来的时候，就要用一条木头腿走路了。”保罗说。

“也许回不来了。”克拉丽莎说，“露丝把他送的那颗纽扣用丝带拴着，挂在脖子上。她睡觉的时候就把他的照片压在枕头底下，有一天晚上被我看到了。”

"嗯，她应该这么做。"保罗说，"她答应了要嫁给他。"

时间还在不停地过去，渐渐地，我就成了普莱斯家各种活动的旁观者而不是参与者了。克拉丽莎把她的布娃娃和瓷娃娃都送了人，宣布自己已经十二岁，过了玩娃娃的年纪了。不过，她还是留下了我。我已经失去了时间的概念，街上的鼓号声、墙上钟表的滴答声，这些都无法再让我激动了。

我对自己说，等战争结束了，一切就会回到从前。然而作为一个阅历菲浅的娃娃，我清楚地知道，一旦有变化发生，一切就再也回不去了。

一天，露丝收到了约翰·诺顿寄来的信，他正在南方的一所医院疗伤，而且受到了很好的照顾。

"这里有个小女孩，有时会来送花给我。"他在信中写道，"她比克拉丽莎小一两岁，她有一个娃娃，脑袋是布做的。她说他们家遭了战火，娃娃原来的瓷脑袋被子弹打掉了。她叫卡米拉·卡尔霍恩，很喜欢听我讲克拉丽莎那个娃娃希蒂的故事。今天她给我带来了一朵茉莉花，说要把它送给北方佬的娃娃。随信寄上的就是这朵花。"

信封里果真有一朵花，不过已经被压成了扁扁的棕色花片。

一开始克拉丽莎还有点不高兴。

"我不想让她给希蒂送花。"她说。

"别这么说，"她妈妈说道，"您要爱您的敌人，要这样想才对。而且您没有像那个小姑娘那样，在这场可怕的战争中遭殃。”

露丝则想马上把我打包寄给那个对约翰·诺顿很好的小姑娘，因为她想不出别的方式可以报答她了。我听到他们说不一定能寄到的时候，才松了一口气。我可不想上前线去。

CHAPTER TWELVE

第十二章

我碰到了樟脑球，去了纽约，成了一个时尚娃娃

在战争快结束的时候，我生平第一次尝到了和樟脑球放在一起的滋味。从那以后，我跟樟脑球打了不少交道。很难用语言形容和它们在一起的那种感觉。我想，也许跟现在流行的一种时尚用品有点像，就是当人们要在自己身上做什么很痛苦的事时会去闻的那个东西——乙醚。总之，事情是这样的：普莱斯太太要把克拉丽莎送到一所贵格派女子寄宿学校去上学，我就和这些散发着强烈气味的小白球一道被束之高阁了。不知不觉我就被它们熏得昏睡了过去，不知道外面发生了什么，也不知道过去了多长时间。

后来我才得知，我睡了差不多两年。之后，才有人打开我所在的盒子。期间这只盒子从费城普莱斯家的阁楼上搬下来之后，同一些旧家具和零碎物品一道，寄给了他们家住在纽约的一个远房亲戚。这只盒子里除了我，就是一些零碎的丝绸和丝带。送货车上有整整一车的东西要送，不知道什么原因，粗心的邮递员把我这只盒子和别的箱子分开了。我就和另外几只箱子一道被送到华盛顿广场旁边一栋房子的阁楼上去了。到了这家的阁楼后，也很久没有人来把它打开，直到我遇到了米莉·平奇小姐。这是一户姓范·伦塞勒的人家，米莉·平奇小姐给他们家做衣服，要在这里住上两个星期。她要找些缎带之类的东西，给伊莎贝拉·范·伦塞勒小姐的新衬裤镶边，找来找去就把我给找了出来。

她没有把我放回箱子里，也没有拿下去给某个孩子，而是把我带回了她自己的房间，藏在她的衣柜里面，放在最上层的那个架子上。我起初想这比从前也好不了多少嘛。不过到了晚上，平奇小姐就改变了我的想法。吃过晚饭，平奇小姐把我拿出来，给我量尺寸做新衣服。此刻说着，我眼前就浮现出她当时的样子：瘦削苍白的面孔，蓝眼珠，近视眼，看我时几乎要趴在我身上，嘴里含着好几排大头针，看着就让人害怕。她的手指又黄又瘦，可我很快就知道了，这双手做出来的东西非常漂亮。

“我要给他们露一手。”她说。四下没人的时候，她就喜欢自言自语："小妞儿，等我把你打扮起来以后，他们就知道我一点也不比那些从巴黎来的大牌缝纫师差。谁说我只能给孩子做衬裤、缝点不入流的衣服？哼，等着瞧吧。"

说完，她咬紧了嘴唇，我真担心她会吞下去几根大头针。过了一会儿，我就发现自己完全不用操这份心，她对付这些大头针可真有一套，至于针和线就更不在话下了。我从没见过有谁能像她那样使用剪刀。她的剪刀特别大，一开始，我真怕那两片锋利的刀刃会咔嚓一下把我剪成两半。然而我不仅没死，还穿上了全套的新衣服。要是让我以前的主人家瞧见了，一定会说我这身华丽的衣服已经奢华到了可耻的地步。

所以，你们瞧，平奇小姐是要把我打造成她的代表作，用我来证明她可不是个普普通通的女裁缝，而是位能做时髦女装和童装的高级缝纫师。她很穷，买不起模特，真是天遂人愿啊，她发现了我。她当然要不遗余力地给我做衣服了。有时候我难免会觉得奇怪：她缝了整整一天的衣服，怎么到了晚上还有精力再给我做衣裳呢？我想，可能是因为她热爱做衣服吧。她喜欢在衣服上打出那些细小的褶皱，再飞快地把它们缝起来。她缝得真好，简直不像是手工缝出来的。她一遍又一遍地给我试衣服，努力让每一道褶子和接缝处都完美无瑕。在房子后面她的那间卧室里，在那些寂寞的夜晚，她一边做活，一边嘴里嘟嘟囔囔。从她断断续续的古怪念叨里，我对住在这栋房子里的人也有了点零碎而混乱的认知。

“哼！”她从鼻孔里哼了一声，轻蔑地说道，“莉莉小姐非要在她的紧身衣上面缝上青贝纽扣，还要镶三道边，有这个必要吗？她还要做一身塔夫绸裙在下次聚会时穿，好吸引更多的伙伴。哼，我可以告诉他们，当她发脾气时，她实在配不上本白平纹细布。”

或者，她会一边给我的衣服包边，一边捏出形状，一边缝一边说：“要是哈里少爷再把我的顶针藏起来，我就直接去找他妈妈，告诉她放在画室壁炉台上的那尊牧羊女雕像是谁打碎的。”她拿剪刀使劲剪了一下，又接着说道，“还有伊莎贝拉小姐，就算她眼睛大头发卷，也没必要觉得自己是世界上最了不起的人。还跟我说，她不要穿那条衬裤，因为那上面只缝了汉堡式花边和两道褶皱，而不是三道。这只傲慢的小孔雀！”

说着说着，平奇小姐就像她的名字一样“拼”足了“气”，双颊泛起两块圆圆的红晕，嘴里的大头针不停地抖动。再加上她手上还拿着一把大剪刀，我看着真是害怕。

可是她怎么能缝得那么好！绝对没有哪个娃娃能像我这样，在两个星期之内完全变了样。就像丑小鸭变成白天鹅，我在平奇小姐的手上，也快变成一个公主了。除了那条珊瑚链，我身上的旧物只留下了那件细布内衣。我想要不是看在它是上好的亚麻布做的份上，平奇小姐也不会留它的。哎呀，我的这支拙笔怎么能描绘出她给我做的盛装呢——带波纹的丝衣配上打了褶子的裙子，腰身收得紧紧的，上面缀满了蝴蝶结；蓝色天鹅绒阔领饰皮的轻便外衣上，绣着针尖大小的花环；一顶插了羽毛的小帽子和一只白色鸭绒手筒。它们的美，我一时又怎么能说得完?

“好了。”最终，平奇小姐把我彻底打扮好之后，上上下下打量了好几遍，说，“不是我吹牛，从这儿走到第十四大道，也找不出比你更时尚的了！”

就这样，好像只是为了证明奇迹总会降临，我又变成了一个时装娃娃。谁会想到要让身穿旧衣、辛苦工作的平奇小姐把我打扮成一个时髦女郎呢?

第二天，她把我放在梳妆台上。我从镜子里看到自己时，简直陶醉了。穿上这身美丽的新衣，我就像换了个人似的。尽管在小念恩家和克拉丽莎家里听过不少关于衣着方面的训诫，我还是无法克制自己。看着身边那本摊开的《古德女装》，我感觉自己就像书里面的人一样漂亮，这种感觉太好了。

突然，门开了。站在门口的不是平奇小姐，而是一个八岁左右的漂亮小姑娘。她的脸蛋是粉红色的，眼睛又大又亮，还有一头漂亮的栗色卷发。我一下子就被她给迷住了。她穿了一件格子绸衣，上面镶着深红色的荷叶边，点缀着许多镀金的小纽扣，这身打扮比我见过的所有孩子都要漂亮。她小心翼翼地窥视了一下整个房间，然后轻轻地关上门，走到平奇小姐的梳妆台前。她把我身上每道细小的褶子都仔细地瞧了个遍，表情变得越来越惊讶。最后她把我带出了房间，下了楼，来到一间装饰着好多镶金边的镜子的大厅里。

这时，从门口走进来一位穿着海豹皮上衣、头上戴着插了鸵鸟毛的帽子的高个子女士。小姑娘朝她跑去，把我拿给她看。

“喂，伊莎贝拉，你手上拿的是什么呀？”那位女士一边问，一边把我接过去，“你从哪儿找来的？”

“平奇小姐的房间。”小姑娘答道，“我想要它。平奇小姐又老又丑，不适合玩娃娃。”

“我跟你说过多少遍了，不要去用人的房间。”她妈妈责备道。

“我是从门口看见这个娃娃的。”伊莎贝拉解释道，某种程度上她说的是实话，不过不全是，我都清楚，“你看，她的腰身做得多合适，是用你那块蓝色的旧绸子做的，外衣是用莉莉的天鹅绒做的。”

“的确是这样。”她妈妈仔细地看了看我，说道，“真想不到，平奇小姐竟能做出这样时髦的衣服。”

不巧的是，就在这时，平奇小姐过来叫伊莎贝拉上楼试衣服，正好听见了她们的对话，也看到了我。

“不好意思，范·伦塞勒太太，”她一本正经地说道，“那是我的东西。请您管管伊莎贝拉小姐，请她以后不要掺和跟她无关的事，我会非常感谢您。”

我想可能是伊莎贝拉的妈妈有点恼羞成怒，居然被平奇小姐说对了一次。她逛了一下午的街也有点倦了，就有点口不择言起来。她后来解释说，自己并不是有意要伤害这位女裁缝的感情，但总之，当时两个人都说了过头的话，而伊莎贝拉在一旁还不时插嘴，说她想要我。

在她们的质问下，平奇小姐说出是从阁楼里找到我的，并且都是利用晚上的时间给我做衣服。

“那她就是我们家的，妈妈！”伊莎贝拉喊道，“既然她是在我们家阁楼里被发现的，穿的又是用你和莉莉的布料裁出来的衣服。”

但是平奇小姐的态度也很坚决，她说很抱歉，可我还是属于她的。她要用我当模特，证明给大家看，她也是个好裁缝。现在是大家低估了她。我听着她们的争论，心里很不舒服，因为双方都说了一些很不好听的话。要不是伊莎贝拉的爸爸走进来，坚持要听听发生了什么事，我都不知道这场争论该如何了结。伊莎贝拉的爸爸是一位身材魁梧而又文质彬彬的绅士，他留着棕色的胡子，怀表链上挂着好多印章。他听完了双方的辩白，做出了裁决。

“这个娃娃。”他说着清了清喉咙，以示郑重。

“爸爸，她叫希蒂。”伊莎贝拉连忙告诉他，她已经看到了我内衣上绣的名字。

“木头娃娃希蒂，”她爸爸接着说道，“无疑是范·伦塞勒家的财产，因为她是在我们家阁楼上被发现的。但是她身上的衣服属于平奇小姐，因为要不是有平奇小姐的巧手，它们只不过是一些要被扔掉的碎布头。”他朝平奇小姐礼貌地微微鞠了一躬，平奇小姐回以微笑。

“可是爸爸，”伊莎贝拉打断他，“要是没穿衣服，她还算什么娃娃？要是没有娃娃，那些衣服又有什么用？”

“你说得对，”他表示同意，“恐怕我都不能把案情陈述得比这更清楚了。”他转头对自己的妻子说：“亲爱的，伊莎贝拉的确在法律方面有点大脑。”

“大脑？”我听见平奇小姐轻轻地哼了一声，“我看她最擅长的是大闹。”

不过到了这时，范·伦塞勒太太已经在后悔自己刚才说过的气话了，而平奇小姐因为伦塞勒先生彬彬有礼的态度，气也消了大半。他们又商量了一会儿，达成了协议：范·伦塞勒家把我买下来，送给伊莎贝拉；范·伦塞勒太太将向斯图文森特广场的时尚女装缝纫协会推荐平奇小姐和她的作品；我将作为样品被带到那里，向协会展示平奇小姐的手艺。你们可以想象，我对这个安排有多满意。

平奇小姐说伊莎贝拉脾气不好，还有其他一些毛病，是没说错，不过这也不妨碍她是一个讨人喜欢的女孩——她是我见过的最漂亮、最充满活力的孩子。我必须承认我很享受住在华盛顿广场范·伦塞勒家的日子，不过我从前的那位贵格派主人，一定会对我的新主人一家沉溺于世俗的享乐而悲叹不已。

伊莎贝拉的儿童室里至少有十几个娃娃，但她最喜欢的还是我。开始是我身上漂亮的衣服吸引了她，后来，她是真的喜欢上了我。她不允许别人说我一点坏话。我记得有一次，一位客人说了一句“她也算不上怎么漂亮”，伊莎贝拉立刻毫不客气地回答：“你也不见得是。”

我很少见到伊莎贝拉的姐姐莉莉，她在离家不远的一所私立女校上学，还要忙着学习音乐、舞蹈和绘画。伊莎贝拉和一个比她大两岁的哥哥哈里在家里上课，他们的家庭教师名叫杰拉尔德，是个面色苍白、神情严肃的年轻人。在这个世界上，他最爱的是拉丁语。他更愿意盯着哈里没完没了地去读一本名为《恺撒》的书，而对伊莎贝拉的算术和拼写管得却不是很严。换句话说，伊莎贝拉几乎想干什么就干什么。

她是家里最小的孩子，长得又好看，自然成了爸爸的掌上明珠。他常常带她出门散步，每天晚上都要给她读上一个小时《尼古拉斯·尼克尔贝》，而我也都陪伴在她左右。像我的前几位小主人一样，她也喜欢我小巧的身形，出门也不忘记带上我，不管是跟妈妈去第十四大道买东西，还是去斯图文森特广场或者第五大道做客，或者是和哈里一起去华盛顿广场另一侧的皮托伊先生那里，去学跳华尔兹和波尔卡舞。

在去皮托伊先生那里之前，我只见过水手们跳的号笛舞和土著的舞蹈。来到皮托伊先生的舞蹈教室，看到光滑的地板和四四方方的钢琴，还有人们在钢琴和小提琴的伴奏下，脚下一伸一收，跳着来自巴黎的新式舞步，我觉得新奇极了。伊莎贝拉通常把我交给她妈妈的贴身女仆安妮——她每个星期五负责陪我们去上课。但有一次，她把我放在了钢琴上。我永远也忘不了从我身子下面传出来的悠扬琴声，好像我也变成了音乐的一部分。看到孩子们跳着优美的华尔兹，我也下决心要学会这门新技能。那天晚上，等到所有的人都睡了，我就在儿童室里独自练习起来。但是这做起来远没有看上去的那么容易。我心里想跳，手脚却伸展不开，因为老货郎给我做的腿没法分开活动。所以尽管我还记得白天那首名为《玫瑰和木犀草》的华尔兹舞曲的旋律，也记得该怎么迈腿，可就是迈不开步子，只能发出一两声笨拙的咚咚声。

就这样，我放下了学跳舞的想法。并不是我愿意轻易放弃，而是我知道这个目标对我来说太不现实了。

那一年，我又见到了一位大人物，他比惠蒂埃先生还要有名。那次完全是个巧遇。一个星期六的早上，伊莎贝拉和爸爸正在外面步行回家。天气很冷，她的小脸冻得通红，就

我心里想跳，手脚却伸展不开

和她那件穿在蓝色外衣里的新羊绒毛衣一样红。她戴了一顶小圆帽，上面插了一支红羽毛，我记得当时自己还在想，这跟她短短的卷发真相衬。我也打扮得很好看，戴着鸭绒手筒之类的。那天范·伦塞勒先生是去看望一位生病的朋友，给他送了小牛肉冻和一瓶雪利酒。沿着第五大道东侧往回走的时候，我们遇到了那位大人物。

当时我们刚走到布莱弗特大厦门口，正好有几位先生从那幢美轮美奂的建筑里走出来。那儿经常有人进进出出，所以我也没有在意。忽然，我听到范·伦塞勒先生兴奋地低声说道："看，那位穿着大衣的，我想就是狄更斯先生了。我听说他下榻在布莱弗特大厦，之前倒没想起这茬儿。"

"不会就是那位查尔斯·狄更斯吧，爸爸？"伊莎贝拉问，话语中有一种我从未听到过的敬畏，"不会是那位写了《尼古拉斯·尼克尔贝》的先生吧？"

"就是他，孩子。我相信自己没看错，快好好看看他吧。"

伊莎贝拉这个一向沉稳的孩子，这下也激动得不得了。她的手一松，我就这么掉在了地上，就掉在那位伟人的脚边。我也懵了，以这个不雅的样子出现在狄更斯先生面前，我觉得太丢脸了。但是狄更斯先生停下脚步，弯下腰，小心地把我从地上捡了起来，又向伊莎贝拉微微鞠了一躬，微笑着把我还给了她。和他一同出来的那两位绅士以及范·伦塞勒先生，在一旁饶有兴致地看着。

我摔倒在狄更斯先生的脚边

“噢，爸爸，”看到他们坐上马车离开后，伊莎贝拉对爸爸说，“你看见了没有？他把希蒂捡起来了，是他亲自捡的，而且用的是右手，他用来写书的那只手！”

“是的，我看见了。”她爸爸回答，“这件事你将来可以自豪地讲给孙子孙女听了。”

伊莎贝拉可等不及到那么遥远的将来再讲给孙子孙女听，她现在就逢人便讲了。每次我都要被拿出来展览一番，因为狄更斯先生那只伟大的右手曾经握过我。她一连讲了好几个月。我不想显得太神气，可还是忍不住想，世界上有几个娃娃曾享受过此等殊荣呢？

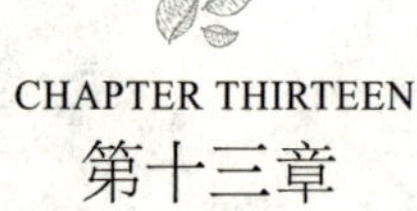

CHAPTER THIRTEEN

第十三章

我过了个倒霉的新年，并且又回到了新英格兰

要不是因为第二年过新年，我可能至今还在范·伦塞勒家，等着被伊莎贝拉展示给她的孙子孙女看呢。在她那个年代，新年比圣诞节更加重要。通常提前几个星期，纽约人家的厨房里就开始为迎接新年而忙碌了：烤好了蛋糕撒上糖霜，做好饼干和姜汁果仁饼；从地窖里取出各式各样的瓶子，装上热甜酒、蛋奶酒和潘趣酒，预备在元旦前夜和元旦当天喝。大人们说莉莉·范·伦塞勒已经到了参加社交的年龄，可以和爸爸妈妈一起待在客厅接待客人了。而哈里和伊莎贝拉还小，不能参与新年的大部分活动。他们俩对此不满意，于

是作为补偿就在新年前几天溜进厨房把所有的东西都尝了个遍，差点把厨师和在那里干活的人给气疯了。可是，新年真正到来的时候，他们却只能乖乖地待在楼上的儿童室。两人很不服气，逮着机会就想捣乱。

中午十一点开始，门铃声和敲打门环的声音就此起彼伏地响个不停了。楼下不断传来言笑晏晏推杯换盏的声音。大街上到处都是去走亲访友的人，为此，伊莎贝拉被下了禁足令，把鼻子尖伸出大门外都不行，因为今天不适合小女孩出门。大街上有很多喝醉酒的绅士，醉得还不止一点点。还有从贫民窟成群结队跑过来的无赖和小叫花子，在街上乞讨偷东西。我们就听到过一伙这样的人，他们吵吵嚷嚷地唱着歌从窗外走过，身上穿着从旧衣袋和垃圾桶里翻出来的奇怪衣服。

哈里自顾自地玩着别人送给他的一个木工箱，用人们太忙了，谁也没空过来陪他们，伊莎贝拉在儿童室再也待不下去了。去客厅肯定不行，无论她怎么撒娇、哀求，父母都不会允许她下去的。她只好半个身子吊在楼梯扶手上，看客人们放在大厅家具上的帽子和手杖，看得头晕眼花。

“管他新年不新年的，”最后，我听到她说，“我要自己出去玩。要是我愿意，我还能去拜访一下詹金斯先生呢。”

詹金斯先生是她爸爸的一个朋友，就是我们上回送雪利酒给他的那个人。他是个单身汉，住在一栋棕色石头砌成的大房子里，一直非常喜欢伊莎贝拉。很快，伊莎贝拉就换上了出门的衣服，把我拿在手里，偷偷下了楼。她在客厅门口的紫色羊绒门帘后藏了一会儿，等到大厅空无一人，只剩下一堆高顶丝帽和手杖的时候，就趁机溜出了大门。我知道她这么做不对，但是一想到能在新年这个时候单独去外面玩，我又不免兴奋起来。那时已经是黄昏了，夕阳的余晖落在烟囱上，也落在华盛顿广场的树上。人行道上到处是行色匆匆的人，街道两边的屋子里亮起了灯光。我想，伊莎贝拉可能是怕遇见他们家的熟人把她送回去，因此绕了一条平时不怎么走的远路，朝着第六大道的方向走去。

这里除了一两家药店还开着门，其余的商店都关了。药店里红红绿绿的坛坛罐罐，泛着五颜六色的光彩。街上有四轮马车驶过，偶尔还能看到出租马车。比起往日，那天街上显得冷清了许多。詹金斯先生住在纽约上城远离闹市区的地方，范·伦塞勒先生经常开玩笑，说他住在“荒凉的第二十三街”。那天晚上，去他家的路似乎比平时还要长，走到第十六街时我都怀疑伊莎贝拉会打道回府了。可是伊莎贝拉是个倔犟的小姑娘，即便知道应该回去了，她也不会走回头路的。四面吹来一阵寒风，天上飘起雪花来。突然，不知道从哪里钻出来一群黑脸蛋的小家伙，戴着破帽子，身上穿着杂七杂八的破衣裳，直朝我们冲来。他们一定是躲在胡同里，专门等着吓唬那些穿得体面又独自出门的孩子。这帮男孩子高的高矮的矮，怪模怪样，手里拿着木棍和破伞。他们挥舞着手中的家伙，嘴里不停地喊着要钱。我可以肯定，要是伊莎贝拉能给他们一点钱的话，他们会放我们过去的。

可是，伊莎贝拉没带钱。那帮孩子看看周围没有人，就向我们猛扑过来。

“靴子上的流苏，”带头的那个男孩子叫道，“把她靴子上的流苏扯下来！”

我想不通他们要流苏有什么用，可他们冲上来就扯。伊莎贝拉拳打脚踢地反抗着，她一只手里拿着我，只能用另一只手战斗。

“你们最好别惹我，”她叫道，“不然，我叫我爸爸把你们都送到监狱里去。”

“哈哈，”带头的那个孩子嘲笑道，“我爸爸还能把你送到四十二街的水池子里去呢，那样才叫好看。是不是啊，兄弟们？来，我们把她弄到那儿去。”

“你们谁敢碰我，”伊莎贝拉放声喊道，使劲地跺着脚，眼里噙满了泪水，“我就抓死他咬死他。”

我看出来，这时候伊莎贝拉也已经明白，除了自己没人能帮她了。伊莎贝拉可不是个胆小鬼，我想，可能大多数小姑娘都做不到她这样，敢和这帮野蛮小子单打独斗。不过，她自然不是他们的对手，他们扯下了她的松鼠毛披肩，抢走了她的鸵鸟毛装饰，还有一个讨厌的孩子把我从她手里夺了过去。接着，我听到远处传来了吹哨的声音。

“快跑！”那个带头的说。还没等他话音落地，这帮混蛋就作鸟兽散了。

我最后瞥了一眼伊莎贝拉，她还站在那个胡同口，向警察和几个路人求助。她那顶插着红羽毛的帽子被撕成六七片扔在地上，外衣的一只袖子从肩膀那里整个儿扯了下来，雪花落在她凌乱的头发上，落在她那红彤彤的小脸上。我再没见过哪个小女孩像她这么美丽，或是这么愤怒。

这个新年没有给我留下什么美好的回忆，要是平奇小姐看到那帮男孩子把她给我做的衣服扯成了什么样，她那对近视眼里一定会落下泪来的。他们抢走了我和伊莎贝拉的松鼠披肩作为战利品，披肩归了那个领头的，没有人想要我，他们就决定把我当一个火把点了。

幸运的是，这时又来了一群小混混找他们一起去抢一家面包店。结果，出乎他们的意料，事情进行得并不顺利。哨子响了起来，传言说警察出动了，他们就又一次四下散开了。一个脏得不能再脏的男孩把我头朝下塞进了他的口袋里，这把我的衣服弄得皱巴巴的不说，衣服上的花边也钩在了他的纽扣上。再后来，另一个男孩把我挑在木棍上假装是要被烧掉的雕像，走在他们队伍的最前头。棍子尖把我的内衣都戳破了。那会儿，雪下大了，我身上又湿又脏。他们可不管，举着我走过一条街又一条街，边走边偷路旁人家的垃圾桶或门牌，朝没拉上挡板的窗户扔石头，撞人家房子地下室的大门，袭击路上没有防备的行人。真是一群可恶的家伙！

最后，他们都饿得不行了，才各自回家——如果他们住的那种拥挤的群租房和简陋的木屋也能叫作家的话。我正担心自己会被扔进臭水沟里让马蹄子践踏时，就听到这帮人里有个声音在问可不可以把我给他。

“给家里的小孩子玩。”他不好意思地解释道。

人群中响起了轻蔑的嘘声，不过那个举着我的男孩还是把我递给了他。

接下来，我成了另一户人家关注的焦点，这一家跟我刚刚离开的那个家截然不同。他们住在佩里大街旁边的一个马房上面，那里有间简陋的木屋，这个从爱尔兰来的马夫家庭就住在这里。当时，他们正在厨房吃年夜饭，那个男孩，蒂姆·杜利就把我带了回去。他们家的桌子上没有桌布，用的是带豁口的粗瓷碗碟。我看了一下，至少有十个大大小小的孩子正围坐在桌子边，跟一个红脸的胖女人吵着要肉汤吃。那个女人正从炉子上面的锅里，往他们的碗里盛汤。那些孩子一看见我，也不要肉汤了，都来要我。

但是蒂姆有自己的主意。他要把我送给一个叫凯蒂的表妹，这个女孩和她妈妈一起到他们家来过新年。他正是为了她，才把我从那帮人手里要回来的。不必属于这群小捣蛋中的任何一个，我大大地松了口气，我还从没见过像他们这样能吵能闹，又能搞破坏的孩子呢。我怀疑过了今晚，他们家的家具或杯盘碗筷还能剩下几个好的。凯蒂长得不是很结实，不过令我高兴的是，她性情温和，蒂姆很喜欢她。她才九岁，而蒂姆已经十四岁了。她是个漂亮的小女孩，有一头柔顺的黑发，蓝眼睛，脸上总是一副忧郁的表情。那个时代，小人书里画的好孩子都是这个表情。

我的衣服已经破得不成样子了，他们却没人想到要给我缝补一下。等我看到他们也由着自己的孩子穿得破破烂烂的走来走去时，我一下子觉得前景一片黯淡。还好，至少我和凯蒂在一起，很安全很温暖，她很爱我。因此，尽管心中不免可惜再也没有好看的衣服穿了，但也觉得不能抱怨。

我对自己说，在这个世界上，生活水准下降一两个档次，也没什么可丢脸的。

我还因此获得了乘坐新式蒸汽火车的机会呢。要是我一直待在华盛顿广场的范·伦塞勒家，还真不一定有这样的机会。年后凯蒂和她妈妈要回家，她们住在罗德岛州。我们一大早就坐上了火车，一直坐到夜里很晚才下车。第一眼看到那个冒着烟的黑色的巨型火车头呼哧呼哧从车站的站台前开过时，我都吓死了。但等我们一旦上了车，在硬座车厢坐下，开始欣赏窗外景色时，我便渐渐地陶醉了。驿马车时代之后，真似乎如同奇迹一般！看到窗外的田地、奶牛、房屋和城镇飞快地向后退去，比沙漏里的沙子漏得还快，我惊讶极了。凯蒂的妈妈似乎和我感觉差不多，她向坐在过道另一边的一位女士说起了蒸汽火车的种种好处。

“是啊，”她晃晃头，一脸庄重地说，“人类的发明真是太厉害了。我希望我的凯蒂，能活到看到人类飞上天的日子。”

“说得没错。”那位女士说，“现在是一个靠蒸汽机转动的世界。”

那天晚上，我们在普罗维登斯的一户人家里过了夜。第二天又坐上四轮马车到了波塔基特，凯蒂和她的寡母以及他们一大家子亲戚——兄弟、姐妹、婶婶和堂兄妹们就住在那里。凯蒂的妈妈负责在家管理家务，其余的人都在当地的一家纱厂上班。对于这么多人来说，这房子并不大。不过早上七点之前，不等纱厂上工的哨子吹响，他们就离开家，一直要到晚上吃饭才回来。有时候，凯蒂的几个叔叔还要上夜班，因此，除了星期天，我很少见到他们。凯蒂身体不好，不能去学校，也不能常和住在附近的那些皮孩子玩。她经常待在厨房里，帮妈妈照看炉子上那些大大小小的锅子和水壶，只要一看到水开了，就去喊妈妈。她妈妈就利用这些时间洗衣、熨衣，打扫楼上的房间。在经历了这么多事情之后，我在这儿的生活可算是平平淡淡。但是对于凯蒂来说，我是她的精神安慰，而这对我们娃娃来说很重要。

以前，我很少进厨房，而现在，我慢慢熟悉了厨房里的瓶瓶罐罐和架子上的烟灰煤垢。我对各种调味品，生姜啦，桂皮啦，香橼什么的，开始感兴趣起来，它们让我想起了在那个小岛上和遥远异乡度过的日子。有一天，凯蒂的妈妈让她把一颗肉豆蔻磨碎，我一下子就想到了在小岛上的时候，活跃在我的神庙周围的那些猴子，特别是那只送给我一颗肉豆蔻的小猴子。我坐在火炉上面的架子上，看着从烧开的水壶中冒出来的一团团的水蒸气。这水壶已经用了好多年，壶身都变黑了。有一次，我还差点掉进炸甜面圈的油锅里。

一个温暖的春日，凯蒂在门口多坐了一会儿，结果就得了重感冒。妈妈让她躺在床上，喂她吃了药，又用红色法兰绒把她给裹上，却没什么效果。后来，她的一个婶婶请了一位医生来，医生看过以后，说她病得很厉害，必须马上送去乡下休养。他说了一个地方的名字，还说在那里孩子们不仅吃得好，而且被照顾得好。凯蒂的妈妈哭了，准备立刻就送她去，但是家里其他人都告诉她不要犯傻。又等了几个星期，她看凯蒂的身体好些了，可以出门了，这才把凯蒂的东西打包装进了几只箱子，把我和凯蒂送上了火车，托给一位和气的列车员照顾。这次我们没坐多长时间车，没过多久，就在一个乡村小站下了。站上有个人赶着一辆轻便马车来接我们。

这个人是凯蒂要去的那个农场的雇工。凯蒂要在那个农场待上一个夏天，好让身体完全康复。我记得那是七月，路两边的田野里开满了白色黄色的雏菊和黑眼金光菊。自从离开了缅因州，我就再没有见过这些花了。看到了它们，我的喜悦之情仅次于再次见到普雷布尔一家人了。这个赶车的人叫阿莫斯，一路上高高兴兴地跟我们说个不停。他指给我们看路边的农场，告诉我们每个农场养了多少只鸡，多少头牛，多少头猪。但是凯蒂更想知道他们每家养了多少个小孩，这个阿莫斯可就回答不上来了。

我们在一所白色农舍的后门停了下来，布拉克特太太从房子里走出来迎接我们。她是个胖胖的女人，比我以前见过的所有人都要胖。她把围裙系在腰间，围裙带深深地勒进了肉里，根本就看不到。她自己有三个孩子，另外还有三个孩子在这里休养，管吃管住。她知道怎么和孩子相处，每当凯蒂夜里想家，哭着要回家找自己的叔叔婶婶、堂哥堂姐的时候，她知道怎么让她平静下来。布拉克特太太很欣赏我，说我大小正好，便于携带，而且她认为我看起来总像是在为别人着想似的。她似乎认为，人生中最重要的事情就是能为别人着想，至少她是这么跟孩子们说的。

我在那里最初的几个星期里，没怎么见到另外几个孩子，因为我大部分时间都待在凯蒂的房间里。一天下午，凯蒂带我去坐拉干草的马车。阿莫斯答应让所有的孩子都去，于是六个孩子，加上我和阿莫斯，坐上了去草场拉草的空马车。草地上堆放着要拉回家的干草，我们坐在树下面，等着阿莫斯和农场主布拉克特先生把干草叉上车。他们一直把干草堆得比谷仓的门还要高，最后才把我们一个个扔到了干草堆的顶上。我还没在这么高的地方坐过呢！从装得满满的干草车顶上放眼望去，是连绵不断的草地、山林和农庄，那景色壮观极了，和我最开始知道的那些很像。等马拉着车走动起来，随着车身的摇摆，我们在车上前仰后合，低头躲避着不时扫向脸颊的榆树枝和枫树枝，这有趣极了。孩子们兴奋得又唱又叫。凯蒂和他们还不熟，有点害羞。她安静地坐在一边，把我抱在膝头，脸上挂着做梦一般的表情，看着干草下面蜿蜒的河流和远处布拉克特家的农庄。突然，威利·布拉克特大叫着跳起来。

“哎呀！”他尖叫了一声，“我屁股下面有老鼠，我坐在了一窝老鼠上。”

他其实并不太在意那窝老鼠，可是车上的三个女孩子却给吓得尖叫着四散爬开。真是万幸，她们没从干草车上掉下去。阿莫斯只好把车停下，爬上草垛来安慰大家。他用草叉在草里叉了又叉，终于找到了那窝老鼠，是一窝粉红色的小老鼠。他把老鼠放在车边的田里，并没有伤害它们。他心肠真好。他又告诉这几个女孩子，要是再发现草里面有老鼠，不要害怕。可是，就在这阵慌乱中，凯蒂松开了手，我掉在了草垛上，被他们踩进草堆里去了。他们越踩，我就埋得越深，直到回到谷仓门口，孩子们都被抱下了马车，大家才发现我丢了。

“不要紧，”我听见阿莫斯对凯蒂说，“我把草往草料棚里铲的时候，会帮你找到她的。”

我真希望他能发现我，可我又害怕被他那柄锋利的草叉叉到。后来，我想阿莫斯一定是把我给忘了，再说我的个头这么小，混在一大捆干草里，被他扔进了草料棚，他一点也没发现。

再后来，他又带着凯蒂和那几个孩子来草料棚找我。我能听到他们就在我附近，有几次他们的手几乎就要抓到我了，可惜，每次都差了那么一点。

“我敢说，那个木头娃娃一定是和我们玩起了躲猫猫的游戏。”我听到阿莫斯这么说。如果我能开口说话，我真想告诉他，他说这话的时候，脚上那只大靴子正好就踩在我身上。

第二天，又运来很多干草，我想孩子们这时已经放弃找我了。我早就发现，不在眼前的东西是很容易被人忘记的。我也知道，等凯蒂的身体好起来，能和其他孩子一起又跑又跳的时候，她就不再需要我的陪伴了。

好吧，在干草堆里的日子远远称不上难挨。再也找不到比干草铺更柔软的床铺了，在冬天里也找不到一个带有更多暖暖的香味的床铺了。越来越多的干草堆了进来，摞在我上面，这样一来，我就给挤到了里边，到了一个叉子很难叉到的角落里。在接下来的岁月里，我也有了大把的时间去回首从前。住在谷仓里的田鼠和在草料棚里做窝的燕子是我唯一的伙伴，我们交上了朋友。我和田鼠相处得尤其好，我看到了好几代田鼠的成长，看到它们从刚生下来直到长成大老鼠。在几个特别寒冷的冬天里，我真高兴能有它们在身边，不光是有个伴儿，它们还能给我温暖。在这个世界上，草料棚当然算不得一个干干净净的地方，时间长了，我也变得灰头土脸的了。有时候，田鼠们看我可怜，就在给自己的宝宝们洗脸的时候，也顺便给我洗一把脸。

有时它们也会给我也洗洗脸

CHAPTER FOURTEEN

第十四章

我结束了在干草堆的日子，开始了一项新职业

把我从草垛里救出来的，不是好脾气的阿莫斯，而是另外一个工人，他把我叉到了牛栏里。一个小男孩及时发现了我，把我从牛嘴底下救了出来。要是那头母牛真的把我吃下去，它也不会有多好过。那个小男孩拿着我走出谷仓来到厨房，我发现这个农舍已经换了主人，一位新主妇正在为寄居在这里的两个年轻人做早餐。他们都是画家，一个画山川啦房屋啦树下的奶牛啦什么的，他管这叫“风景画”；另一个专门给人画像，他管那叫“肖像画”。就是这个画肖像的画家喜欢上了我。他给了那个小男孩一枚两角五分的硬币，把我

买了下来。然后他把我往桌子上一放，就放在一盘鸡蛋和他的朋友中间。从那天起，他就一直说我是他的吉祥物。

那位农场主妇和那个画风景画的画家，好像没怎么把我当回事。主妇说我比稻草人强不了多少，就是个普通的木头娃娃罢了。但是那位画肖像的画家，叫作法利的，说她没有眼光，看人不能只看外表。他这么一说，我心里就舒服多了。第二天，法利先生就把我放在他的帆布包里，带我一起去写生了。尽管我身上的衣服已经破破烂烂，珊瑚链也在草料棚里弄没了，我却觉得自己又焕发了从前的光彩。法利先生给住在附近的人们画了几张肖像，当他把我拿出来，给一位找他画像的年轻女士看时，那位女士答应给我做身像样的衣服。

其实她是个粗枝大叶的小姐，更喜欢骑马和跳舞，而不是做针线活。不过，好歹我的破裙子和破衬裤都被脱掉，换上了一身样子很普通的新衣裳。她给法利先生看了绣有我名字的那件细布内衣，虽然褪色得厉害，但他们还是认出了上面的字母。法利先生说，现在他知道了我的名字，对我的感觉更好了。他还说，我应该一直穿着这件绣了名字的衣服。

关于我的新衣服，唯一值得一提的就是，那位女士在我的腰带后面缝了一颗棕白两色的瓷纽扣。不过作为一名男士，法利先生对我的穿戴倒不是太挑剔。他亲自用松油和他的一块旧画布，给我擦干净了脸上的灰尘。他说很快也要给我画一张像，他果然说到做到。下一位顾客是一个小姑娘，他就让她抱着我，自己一边画，一边编了一个关于我是怎么掉进草料堆里的故事，来逗那个小女孩开心。我心想，发生在我身上的故事可比他讲的要惊险多了。但是那个小姑娘还是听得入了迷，一动不动地坐在那里，而这正是法利先生想要的。的确，她的画像和我的画像都很传神。

就这样，我成了一位画家的模特。

从那以后，法利先生只要是给小姑娘画像，就让她们抱着我。他是个到处旅行的画家，走到哪里就画到哪里，所以在好些地方，或许现在还保存着有我的身影的画像呢。由于我在这么多的画里出现过，慢慢地，我也有了一点小名气。你们当中也许就有人在一些家庭人物的画像中，见到过我的身影。法利先生还给我画过几次静物画，画这种画，我要和装着干草的花瓶还有洋葱坐在一起，我不太喜欢，我更喜欢和孩子们在一起。

和画家在一起的这段时间，有一天，我从镜子里瞥见了自己，吓了一大跳。之前都是飞快地瞥一眼，意识不到这些年在海上、陆地上、草堆里的冒险经历给我的外貌带来了多大的改变。老货郎送给我的那张粉红色的脸蛋儿早已没了踪影，褪了色的蓝眼睛不再明亮，我身上花楸木的纹理倒是日渐显露出来。是呀，我的容貌已经不可能再回到从前，想到这里，我正暗自伤心，却听到法利先生在跟人说，我比那些瓷脑袋的娃娃要好多了，因为我身上没有令人讨厌的反光。这时候听到这样一句话，我简直无法用语言来表达对他的感激。

我跟着法利先生东奔西走了好些年，尽管去过好几次纽约，也去过好几次费城，我却没有碰到或听到过从前那些主人们的消息。后来，我们又一直往南走，来到密西西比河，坐上了明轮推动的轮船。对于只坐过捕鲸船和快帆船的我来说，看到轮船的推进器把密西西比河棕黄色的河水搅出一道道白色的水波来，真是稀奇极了。然而，不跟小孩子在一起，有一个不好的地方就是，法利先生总是把我和他那些质量上乘的骆驼毛笔和珍贵的颜料放进箱子里，只有当他摆好了画架，要开始作画的时候，才把我们拿出来。因此，我错过了沿途的许多景色。当时，我们的船正往新奥尔良驶去。一想到新奥尔良，我就会把它与优雅和狂欢联系在一起。

到了新奥尔良，正赶上那里将要举办狂欢节，旅馆都住满了人，法利先生很难找到住的地方。当时，整个城市都在为即将到来的节日精心做准备——组织游行，举办宴会，还有大斋戒前的舞会——根本没空关心别的事情。不过最后，法利先生还是从两位老太太手里租到了一间屋子。这两位老太太住在法语区一栋古老的大宅子里，门前有一个郁郁葱葱的院子，楼上伸出一个围着铁栏杆的阳台，下面是一条用大卵石铺成的小街。房子里只住了安奈特·拉若白和霍汀斯·拉若白两位老小姐，还有一位比她们俩年纪还要大的黑人女仆，在南北战争前曾是她们家的奴隶。

霍汀斯小姐是姐姐，模样比她妹妹更出众一些。安奈特小姐告诉法利先生，她姐姐年轻时是个美人儿。她说得不假，霍汀斯小姐的眼睛尽管随着岁月流逝已经失去了往日的光泽,但仍然是又大又黑。这两姐妹在她们年轻的时候，一定都是大美人。客厅的墙上挂着一幅霍汀斯小姐二十岁、安奈特小姐十八岁时的画像，让我百看不厌。我很难相信，眼前这两位满脸皱纹、衣着朴素的老太太曾经是那样年轻美丽：霍汀斯小姐穿着金丝雀织锦的衣服，乌黑的头发盘在脑后，手里轻抚着一把吉他；安奈特小姐身着蓝衣，梳着光滑平整的棕色卷发，倚在姐姐身边，手里正在把玩一朵红色的玫瑰。有时候我想，看到自己曾经的花容月貌，她们也要吃惊的吧。我曾经看到霍汀斯小姐长久伫立在画像前，嘴角挂着一种难以名状的表情。有一次，我还看到安奈特小姐带着同样的表情，瞅了瞅挂在两排落地窗之间的一面长镜子。不过，我从来没有听她们谈起过这种感觉，即使是她们两人之间，也从不涉及这个话题。我能明白这是为什么，因为我知道这种变化所带来的滋味，也知道她们心里在想什么。

那一年的复活节来得晚了些，所以到了四月斋前狂欢的最后一天，天气已经很暖和了。法利先生到街上去看游行，这两位老太太身子弱，不能往人群里挤，她们只能坐在自己的阳台上，听着街上传来的音乐声，彼此之间小声地交谈着什么，喊喊喳喳地，像两只古代的小鸟。法利先生房间的门对着阳台敞开着，我待在房间里正好能看到她们，听到她们的谈话。

有时候，法利先生也会带我出去。在安静的环境里待了那么长时间之后，终于能再看到街上的风景，听到嘈杂的人声，我格外兴奋。街上总是有很多黑人——女人们有的裹着鲜艳的印花布头巾，有的头上顶着篮子，却仍旧迈着轻盈的步子，就像里面没装东西似的。不论是老人还是年轻人，都用一种柔和的低音叫卖着自己的东西。我听不懂这些叫卖声，他们说的大多是法语，可就连去过巴黎的法利，有时候也听不大明白他们那些奇怪的口音。天渐渐热了。夏天到了，两位老小姐躲进阴凉的客厅，甚至连晚上也不怎么出门，那个上岁数的仆人会帮她们把需要的食物买回来。

偶尔也会有些很老的老先生和老太太过来，他们按响楼下的门铃，接着就被请到上面来喝咖啡。在这间屋子里，这就是件大事了，两位老小姐能把这事说上好几天。有时候，她们也会好心地请法利先生去一块儿喝，法利先生则逢请必到。有一次，他把我也带去给她们看。她们俩温柔地细细摩挲着我，那种感觉让人永生难忘。她们的手指依旧那么细长，只是已经变得如同古旧发黄的象牙一般。她们仔细地看过我之后，又把我交还给法利先生，夸他得了个优雅迷人的老式娃娃。但是她们又说，我应该有身更好的衣服穿。

几个星期以后，两位小姐又请法利先生去喝咖啡，还特别嘱咐他要带上我，说是去给一位朋友看看。我心里别提多高兴了。她们的这个朋友是位老先生，个子不高，留着雪白的胡子，穿着一双锃亮的皮鞋。两位老小姐说，这位老先生是她们哥哥的一个朋友，是来和她们商量事情的，想借她们妈妈的一条漂亮的绣裙，拿到即将举办的棉纺织品展览会上展览。这是一件大事，比刚刚过去的狂欢节还要盛大。于是这两位老太太想到一个主意，要把我按照她们那个时代的样式打扮起来。她们认为自己年轻时穿过的服装样式无论是在过去还是现在，都是最优雅动人的款式，所以想让我当模特。她们还说我的表情非比寻常，并且只要用一点布料就能把我打扮起来。她们会亲自给我做衣服穿，她们的老先生朋友和展览会的委员们则要确保把我摆在显眼的位置上，并于展览会结束以后，把我完好无缺地还给法利先生。她们这么看重我，让我有点受宠若惊，我都等不及要听听法利先生的答复了。好在他答应了。他说，这个主意挺好的，正好这段时间他要外出一两个月，到几个种植园里去给人画像。

“把她托付给你们，我再放心不过了。”他微微鞠了一躬说，“而且，也是时候让她见识一下女性的世界了，她跟着我过了太久的单身汉日子啦。”

霍汀斯小姐和安奈特小姐把我带到楼上的房间，带进了她们俩的世界中。接下来的几周，我和那些桃花心木、花梨木的家具，还有多年以前她们的父亲从巴黎带回来的罩着圆型玻璃罩的镶金边黑色座钟，以及壁炉台上那个高挑的瓷人儿一起，成了她们生活的一部分。对了，她们把那个额前垂着卷发的瓷人儿叫作罗密欧先生。他一直占据着壁炉台中心的位置，穿着绣花的马甲和及膝的马裤，一副多情的样子。两位老小姐给予他家庭中重要的一员的礼遇。在他微屈的拇指和食指中间有一个空隙，每天早晨，她们俩都要在里面插上一朵鲜花。每隔一个星期，安奈特小姐还要亲自用一块湿布把他的全身擦上一遍。现在我眼前还能浮现出她站在一张老式的桃花心木椅子上的身影，纤细的腰上系着一条淡紫色的围裙，用她那瘦弱的手指给他擦拭，不让一点点灰尘蒙住他那美丽的身姿。我想她大概从来没有想过，罗密欧先生只不过是尊雕像，不是个活生生的人。当然了，自视甚高的罗密欧先生，则根本没有注意到还有我在屋子里。

我的着装成了姐妹俩的一件大事。由于是去参加棉纺织品展览会，所以得用棉布给我做衣服。她们为此讨论了好几天，一天早上醒来的时候，两人同时想到了一个主意。

“姐姐，”安奈特小姐小心翼翼地说，“我想到了那块婚礼手帕。”

“我也是。”霍汀斯小姐点点头，她白发上的那把插梳在清晨的阳光下熠熠闪光，“昨天晚上，我想到的。我们把它找出来，看看够不够大。”

她们叫老仆人拖出来一个古旧的皮箱，先是从里面拿出了一条华丽的缎子裙，裙子上的闪光让我想起了她们最好的瓷杯上那种朦胧的光泽。箱子里还有一双鞋头尖尖用丝带绑在脚踝上穿的拖鞋、一条仿佛是蜘蛛在月光下织出的轻薄蕾丝面纱、一副精美的露指长手套、一本用银线装订的祷告书，还有就是她们说的这块手帕了。这些都是她们的外婆、妈妈和几个姨妈结婚时用过的东西。姐妹俩把它们一件一件地拿出来，就好像它们是有生命的一样。当拿到那块手帕的时候，她们流露出我从未见过的深情。据说，这块手帕是用她们曾曾祖父的种植园里的棉花纺织出来的，从海外带到美国来。她们的曾祖母在法国一所女修道院学习的时候，亲手在上面绣了花，后来她在婚礼上拿的就是这块手帕。从那以后，家里每个女孩子结婚的时候都是拿着这块手帕，要是没有了它，大家都会觉得婚礼上缺了点什么。然而从今以后，这个家庭再不会有什么人结婚了，整个家族就剩下霍汀斯小姐和安奈特小姐了。她俩看着这块手帕，不由悲从中来。

“你看，”霍汀斯小姐说，“这只绣在玫瑰花苞组成的花环里的鸽子，你还记得我们俩小的时候，常常是怎样找出它们的吗？真遗憾，我们两个谁也没机会拿着它。我也就算了，可你会是个多么美丽的新娘啊。”

“噢，姐姐，”安奈特小姐轻轻叹了口气，“我倒没什么，只是你等了朱利安·查普莱那么久，可是在北方佬占领威斯堡的时候，他却阵亡了。”

“不止是我，好多人的未婚夫都被北方佬打死了。”霍汀斯小姐回答，这一刹那，一抹红云飞上了她的颧骨，“是啊，这真是太残酷了，残酷极了，没有人比你我知道得更清楚了。”

但我想，有些北方佬可能也会说出和她们一样的话。我想起在普莱斯家，露丝听说约翰·诺顿受伤的事情。那时，我并没有想到，有一天我会和被她们诅咒的南方人生活在一起，而且在她们手里也能得到这么好的优待。这太奇怪了，作为一个木头娃娃，这是我无法理解的事情。

听到安奈特小姐说要把我打扮成一个新娘的时候，我才从这些不愉快的记忆中解脱出来。

“这样再合适不过了。”霍汀斯小姐同意道，“展览会就是要向人证明，我们种的棉花是最好的，我想曾祖母肯定不会反对我们这么做。”

在动手剪那块传家宝之前，姐妹俩比量了半天，仔细研究了过去的时装书，又打了好多小的纸样，既想把我打扮得光彩照人，又要把那块珍贵的布料用到极致，不浪费一丝一缕。她们先用漂洗过的平纹细布给我做了衬裤，衬裤上要有折边，要用羽状针脚缝好，她们那细腻的手法就算平奇小姐看到了也会忍不住赞叹一声。经过一番慎重考虑，她们决定保留我的内衣，这是因为她们想到一句老话：每个新娘身上都要有一样新的东西，一样旧的东西，一样借来的东西和一样蓝色的东西 。她们亲手把那件内衣漂洗干净，看到上面的

我打扮成一个新娘

字母，她们也好奇究竟是谁用十字绣绣上去的。在里面的一条腰带上，她们给我缝上了一个蓝色的法式结。至于借来的东西，霍汀斯小姐说就不必出门去借了，因为我本身就是借来的。一天天过去了，她们在光线昏暗的客厅里剪啊，裁啊，缝啊，街市的声音从紧闭的百叶窗后面传来，听上去是那么地细微，那么地遥远。

那天下午，缝完了最后一针，她们俩高兴得像两个孩子，或者说两只小鸟。这一次，我终于觉得自己一点也不比壁炉台上的那个瓷人儿差了。这姐俩也有很多天没顾上管那个瓷人儿了。她们把我放在屋子中央的桌子上，放在那本银线装订的祷告书上，静静地欣赏了好久。最后安奈特小姐长舒了一口气，用一个手指头碰了碰我的蕾丝面纱。

"姐姐，"她敬畏地小声说，"这简直不像是我们俩做出来的，我想一定是天使降临，借我们的手缝制了这身衣服。"

"谁说不是呢。"霍汀斯小姐说，"除了奇迹，还能是什么？居然还有多余的布料给她的袖子镶上边。"

她们的朋友，那位老先生，信守了自己的诺言，把我放在棉纺织品展览会上一个显眼的位置。我坐在一个玻璃展柜中间，上面和下面放的都是刺绣精品，人们还在我的手里放了一束用花边纸包好的白色小花，好让我看上去尽善尽美。在我面前，摆着一张卡片，介绍着霍汀斯姐妹是如何用世上最好的棉纺织品把我装扮起来的。有时候，我的展柜前里三层外三层地围满了人。只是有玻璃挡着，我听不到他们的赞美声，心里遗憾极了。

不过，我能看到展厅里发生的一切。开始几天，我坐在玻璃展柜里，看着来来往往的人群，一直饶有兴致地观察着人们的穿戴发生的变化。自打我从草垛里被救起来之后，尽管法利先生带我去了不少地方，但我还没有机会仔细观察最近的时尚款式呢。现在，我终于可以细细欣赏女士们身上那精致的裙褶、裙撑、裙摆、紧身上衣和宽大的衣袖，还有她们头上戴的小帽子，那帽子比个扁扁的蝴蝶结大不了多少，就卡在她们的刘海、卷发或是烫成大波浪的头发上面。

看到跟着父母来看我的小姑娘，我多少会有点失落。不过她们对我发自内心的渴望，又让我感到了一点安慰。我意识到，尽管随着流行趋势的变化，衣服的款式和裙摆的大小会有所改变，但是娃娃永远是娃娃。看到孩子们因为不能把我带回家而哭喊，看到小姑娘把脸紧紧贴在玻璃展柜上看我的时候，我心里很高兴，比看到州长或其他大人物停下来褒奖我还要高兴。

展览会开始几个星期以后的一天，来了一位身材魁梧、被太阳晒得黑黝黝的男人。他穿着镶边的蓝外套，上面钉着铜纽扣，手里牵着一个瘦巴巴的，同样被太阳晒得黑黢黢的小女孩。那小女孩八九岁的样子，不像别的来看展览的小孩那样打扮得整整齐齐的，她的衣服从前倒不错，可是现在扣子全掉光了，裙子也皱巴巴的，外套脏兮兮的。她额前的刘海很长了，时不时耷拉下来遮住眼睛，她手里还拿着一把旧红绸阳伞。就算她不额外关注我，我也会被她快速走动时无拘无束的样子和那头黑发所吸引。她一次又一次跑到我的展柜前来，我都以为，在关门之前，那个穿蓝外套的人是无论如何也别想把她带走了。第二天早晨，门一开她又来了，眼睛一眨也不眨地看着我，打量着我的衣着。即便隔着玻璃，我也能感受到她身上有一种无所畏惧的勇气，就像一匹没有被驯服的小野马或是一只小野鸟。那个穿蓝外套的人对她唯命是从，看得出来，她是个不达目的决不罢休的孩子。

她想要我。用普雷布尔太太的话来说，“总之，就是这么回事了。”

最后，那个穿蓝外套的男人不得不每天早上把她送到门口，过几个小时后来接她出去吃饭，然后再把她送来，到了闭馆时间再来把她接走。在馆里的时候，她就一直在我的展柜前面转悠。这样子一连过了好些天。能得到她这样的关注，我倒挺得意的。而她那双敏锐的黑眼睛什么都不放过，因此，她注意到了，我那个展柜上的钥匙有那么一会儿没有拔下来。

事情是这样的：负责我这个展厅的人领着一群贵宾来参观，因为其中有个人想近距离地看看我，他只好打开柜门把我拿出来给人家看，这引来了一阵惊叹和赞美声。然后，他把我放回展柜锁上了门。可还没来得及拔下钥匙，好像出了点什么事，那群人就朝另外一个展厅走去了，原本在这个展厅的所有人几乎都跟着他们往那边走了。几乎，但不是全部，有一个人没去，就是那个皮肤晒得黑黑的小女孩。她看到机会来了，就悄悄地走到我的柜子前，迅速地环顾四周，发现没有人，她便用棕色的手指转动钥匙，打开了门，伸进手就抓住了我的腰。说时迟那时快，不等我写完当前这几个字的工夫，她已经关上玻璃柜门，把我藏进她的红绸伞里了。

我常常琢磨那个负责人后来发现我丢了时，会有什么反应。我能想象得出，当看到玻璃柜里没有了我，他睁大眼睛盯着空展台时那副目瞪口呆的样子。钥匙还牢牢地插在玻璃柜门上，谁也不能解开这个谜团。而那时，那个黑眼睛的小姑娘已经成功地把我带离了展览馆。显然，这个小姑娘像蛇一样狡猾，她把我藏在雨伞里，轻轻拿在手里，从门卫身边溜了出去。等里面发现我丢了的时候,她早已离开犯罪现场了。

她很清楚在哪里能找到那个穿蓝外套的男人。因为没过一会儿，我就听到了她跟那个男人说话的声音——至少我认为就是那个人。她喊他爸爸，说她累了，要回到“牵牛花”号上去。

“好吧，萨莉。”我听到他说，“我算一算这趟船能运多少棉花，算好就带你回去。”

待在雨伞里面可不怎么舒服，伞骨直往我身上戳，而且空间这么狭小，我的面纱和衣服上的荷叶边都要弄坏了。

萨莉只往伞里摸了一回，看我还在不在。我必须承认，我很佩服她，有几个像她这么大的孩子，能这样不动声色地保守秘密？

我就这样被带到了“牵牛花”号上。“牵牛花”号原来是一艘内河航运船，往来于密西西比河上游和新奥尔良之间，往下游运棉花，往上游运些日用品。尽管被人从展览会上偷了出来让我觉得有点遗憾，但同时我也很高兴，因为我又回到了船上，又成了一个船长女儿的娃娃，我的心中充满了期待。

自然喽，我在船上不便公开露面。萨莉·路米斯——那个小姑娘就叫这个名字——甚至不敢公开把我放在她住的船舱里。她把我藏在一个香草编的小筐里，又把小筐放在一个她能轻易够到的架子上。尽管看不见，我却能听到外面发生的不少事。自从把我从雨伞里拿出来之后，萨莉对我又敬又爱。而且每次她把我从小筐里拿出来的时候，我都要猜一猜这次是哪种情绪多一些。她脾气急躁，变化无常。有时候，比如把我拿回来的第一天，她就像看从月亮上下来的怪物一样地盯着我。她坐在那里一动不动地看着，像要把我吃掉一样。有时候，她又会把我紧紧搂在怀里，把她心中那股突然爆发的爱与冲动，一股脑儿倾泻在我身上。一开始，我很害怕她这个样子，后来我就慢慢熟悉了这种奇怪的表达方式。如今坐在安静的古董店里，我细细思索，才明白这个可怜的孩子不大有机会跟同龄人一起玩，所以她不明白要怎么玩。她从小就野惯了,妈妈生病不能照顾她,只能住在离家很远的一个种植园里。而萨莉呢,只要她愿意,就可以跟着爸爸上“牵牛花”号货船,往来于密西西比河上,大部分时候她都愿意跟来。

很快,我就习惯了明轮推进器搅水的声音,还有发动机那有规律的突突声。船长不时地指挥轮船靠岸、装卸小宗货物,每次靠岸我都能听到岸上传来的喊声、歌声以及谈话声。大概是在到达纳奇兹——一个环境优美、有着众多码头、古老白色房屋和非常怡人的植被的城市时,我听到路米斯船长从报纸上读到了一条消息,是关于我的。那是一份几天前的报纸了。

“萨莉,你过来,听听这个。”当他们坐在萨莉的船舱边时,他说,“是关于棉纺织品展览会上那个娃娃的,就是你特别喜欢的那个。”

展览会上木头娃娃神秘失踪

柜门紧锁,珍贵展品失窃之谜无人能解。

娃娃服饰乃由拉若白姐妹的传家宝做成。

警察咬紧一切线索——

悬赏线报!

“好了，你怎么看呢？”他笑嘻嘻地说。

萨莉没说话。我想，她的沉默应该让人感到意外吧。

“看下面。”她爸爸却没有注意到这点，接着说道，“说是前一天下午失窃的——这张报纸是三天前的，噢，那一天你也在啊！你去的时候她还没丢吧？”

“没有，我还见着她了。”萨莉挤出了这么一句。

某种意义上，她说的是真话。但我忍不住想，要是她爸爸知道此刻我就在离他不远的一个草筐里听他说话，会作何感想。

“这上面说她是被借去展览的。”他继续读道，“他们正在调查这件事。负责这个展厅的那个人说，他只离开了一会儿，回来的时候，钥匙还在柜门上，好像没有人动过，而那个木头娃娃却不见了，周围一个人也没有。他报了警，还搜查了在场的所有人，但是那个娃娃却始终不见踪影。他们认为，可能是哪个管理人员把她拿走了，又十分害怕而不敢承认。”

接下来好一阵子没人说话。然后我听到萨莉问：

“爸爸，他们会把拿走娃娃的那个人怎么样？我的意思是说，要是他们发现是谁拿走了那个娃娃的话。”

“怎么样？”船长已经在读下一条新闻了，“这个嘛，他们对付贼的办法就是——关到监狱里去。幸亏我们一到那里就去了展览会，否则你就看不到那个娃娃了。”

萨莉突然扯开嗓子大声唱起歌来：

不是为了乔，噢，噢，噢，不是为了乔，

不是为了约瑟夫，要是他知道……

这是她最近才学会的一首歌。后来，她溜回自己的船舱，就不唱了。她小心地把我拿出来，坐在那里盯着我，脸上带着一种奇怪的表情。月光下，我刚好能看清她的脸庞。

“我才不管那张旧报纸上怎么说呢，”她突然不屑地小声说道，“我不会把你交回去的，反正他们也捉不到我。”

她用自己特有的方式飞快地抱了我一下，然后把我放回草筐里。接着，我就听到她在甲板上放开嗓子，引吭高歌起来。最后她爸爸实在忍无可忍，冲她喊了一声“别唱了”，让她赶紧上床睡觉，不然他就会让她唱另外一个全然不同的曲调了。

他们后来再也没有谈起过我。即使报纸上登了更多关于我的消息，船长也没兴趣再念了。另外，船上开始忙了起来，我们正往上游开，靠岸的次数也少了许多。偶尔，萨莉会把我从草筐里拿出来，这时，我能够看一眼窗外美丽的景色：宽阔的河道，棕黄色的河水；两岸辽阔的棉花田、甘蔗地里，黑人正在辛勤地劳作着；还有光滑如镜的绿色的牛轭湖，长满青苔的大树；花园中，绿树掩映着白色圆柱装饰的大房子。我真希望能有机会多看几眼两岸的风光，对于我来说，这一切都是那么新鲜有趣。

说来也巧，星期天就来了这样一个机会。那天，船长把“牵牛花”号停靠在一个破旧的码头上，他要到几英里外的一个种植园去看望朋友。他在那里还有许多事情要处理，没工夫管萨莉，就不让她跟着去。她可以待在船上，要是有兴趣也可以上岸，到附近的木屋区看看。船长走后，有的船员上岸去了，有的在甲板上躺着睡觉，就是没人搭理小萨莉。她胆子大起来，提着装我的那个草筐就上了岸。走到看不见船的地方，她把我拿了出来，大摇大摆地抱着，就像我是她光明正大得来的一样。

那时候刚过正午，火辣辣的太阳照在木屋上，也照在人们匆匆忙忙赶去的一座教堂木屋上。他们都是黑人，喜气洋洋的，手里拿着大芭蕉扇和一束束鲜花，有的人还抱着小婴儿。萨莉和我也跟在他们后面进了教堂，和那些孩子们坐在一起，坐的是一块木板，木板的两头搭在两个蜜糖桶上。教堂里面比外面还要热，人挨着人坐得满满的，小婴儿在抽泣，到处是苍蝇、蜜蜂、甲虫在嗡嗡地飞，用扇子也扇不走。讲坛上的牧师却越讲越有精神，他用上了很多生僻的词语，还不停地挥舞着胳膊。他讲了些什么我不太记得了，但萨莉却被他的一段话说中了心事。

“兄弟姐妹们，”他在讲坛上使劲朝前倾着身子，“我要告诉你们，如果你们违反了八条戒律中的‘不许偷盗’，将会受到严厉的惩罚。你们当中有人就做过这样的事情，还有人因此进了监狱，在牢里受苦。但是我要告诉你，如果你不思悔改，继续违戒作恶，有一天将会受到更加严厉的惩罚。跟那种惩罚相比，你现在所受的苦根本不算什么。兄弟姐妹们，你们以为能瞒得过天上的主吗？告诉你们，他在天上看着你们，你们任何一点微小的过失都逃不过他的眼睛，藏在你们心里的罪他也看得见！”

听完他这番话，我感觉萨莉的身子都僵住了，她的两眼直勾勾地盯在牧师身上。我知道她在想什么。有几个睡着的孩子从木板那头滚了下去，摔得直叫唤，人们纷纷回头去看，但萨莉却好像没听见似的。后来，教堂里的人都激动起来，一边唱一边祈祷，并大声忏悔他们所犯的罪过，萨莉还是一动不动。直到教堂里的人都跟在牧师身后往河边走去，她才站起身来，跟在他们后面，就像是被什么符咒迷住了一样。我从来没见过哪个小孩像她这样。

河边的洗礼看上去非常令人振奋。牧师激动地走进河里，走到河水齐腰深的地方，大声招呼那些想洗净身上罪恶的人都走到他那里去。我忍不住想，要洗净身上的罪恶，他们也该找点干净的水呀。然而，大家都太激动了，根本就不理会黄汤子一样浑浊的河水。所有的人都下到水中，有穿着白裙的姑娘，有牙齿和眼睛都闪闪发亮的年轻小伙子，甚至有比萨莉还小的孩子。妈妈们把自己的孩子交到别人手里，冲到牧师身边，让他把自己摁进水里，又拎出来，接受洗礼。每过来一个人，牧师的激情就更狂热一分。

“这是上帝的荣耀，上帝的荣耀，上帝的荣耀！”他送每一个湿淋淋的人上岸时，都要喊上一句，“又一个灵魂得救了，它比天上的雪还要洁白。”

我不想假装懂得灵魂这一类的事情，但是当他们回到岸上来的时候，从那些湿透了的衣服上来看，我觉得牧师的观察力实在让人不敢恭维。

人人都在忙着受洗，或是围观别人受洗，没有人注意到天空忽然变得乌黑一片。接着便传来了震耳欲聋的雷声，这突如其来的雷声吓坏了水里和岸上的人，他们大叫着四散奔逃，满脸惊恐。我想，他们一定是把这雷声和牧师的警告联系到一块儿了。牧师也立刻从水里跑上岸，我向你保证，他也加入了奔逃的人群，向那些木屋跑去。只不过，他一边跑还在一边大声地告诫那些人。我听到的最后一句是，这雷声就是一个警告，警告那些现在还不悔改，还不受洗的人。

萨莉也在跑，不过是朝着和他们相反的方向，跑向“牵牛花”号。不知怎的，这段路比来的时候好像长了许多。天空中乌云滚滚，不时劈过一道“之”字形的闪电。三角叶杨在狂风中摇摆，树皮上闪耀着的白色光影看上去十分怪异。萨莉浑身颤抖，喘着粗气。大雨落下来时，我们离“牵牛花”号还有足足半英里的路。我从来没见过像那天那么响的雷、那么亮的闪电和那么大的雨。

咔嚓！一棵树就在我们前方不远的地方被劈倒了，像极了“黛安娜 - 凯特”号上暴风雨折断中桅时的声音。萨莉蜷缩在另外一棵三角叶杨下，等着下一道闪电来劈我们。如今她一边哭一边祈祷，一半是在复述黑人牧师的话，一半是她自己的恐惧和祈祷。

“噢，上帝，”她号哭着说，“请不要让闪电劈死我。我知道我犯了戒，把希蒂从展览会上偷了出来。我知道我是个罪人，可现在我也来不及去忏悔受洗了。但是我会的，我很快就会去的。这次，请不要让闪电劈我。”尽管她不住地请求，天上还是闪过一道大大的闪电，接着是一声巨大的雷鸣。她哆哆嗦嗦地紧贴在三角叶杨的树干上，这时我已经回到草筐里了，不过她说的每一句话我都听到了，我也能听到天上的雷声，看到耀眼的闪电。“噢，上帝。”她继续狂喊道，“你难道没听见我的话吗？我已经后悔了，你听见了吗？”紧接着她又祈求道：“要是你真想劈死一个人，你不能从刚才那些孩子里面挑一个吧？他们刚受了洗，很洁净，还没有机会再去犯罪！你不能吧？”天上又是一个炸雷。“我告诉你，我这就把希蒂还回去，一分钟也不留她了！主啊——看，她就在这里，你可以把她带走，只要你能让我回到爸爸身边，回到‘牵牛花’号上去！”

她一边歇斯底里地哭着，哭声比雨声还大，一边跌跌撞撞地朝河岸下面跑去。我很清楚她接下来是要做什么。

CHAPTER FIFTEEN

第十五章

我深入了解到关于种植园、邮局和针插的一切

摩西不是唯一一个躺在筐子里顺水漂流的人。有关他的故事，我是在印度的小念恩家里听到的。如果我记得没错，摩西被放下水后，他的姐姐一直在后面跟着他。我就没有这个运气了，而且我怀疑，尼罗河的水是不是也像密西西比河的水一样浑浊。萨莉的草筐给了我一点保护，但很快水就大量地渗了进来，浸透了我那身为展览会而缝制的漂亮衣裳。不一会儿，筐子里就浸满了水，我就在这筐棕色的浑水里翻滚着。大雨还在哗啦啦地下着，头上仍响着轰隆隆的雷声，看起来这雨还得下几个小时。我很想知道，萨莉是

否已经安全地回到了“牵牛花”号上，她会不会后悔一时冲动把我扔进了水里。我还想知道，下次去教堂的时候，她真的会忏悔自己偷东西的事情吗？我对自己说，像她这样一个性情古怪、行事乖张的孩子，很快就会把我忘到脑后的。不过想归想，她后来到底怎样我也无从得知了。

最后，我终于能够停下来喘口气了。不过，我没有停在纸莎草中，也没有被埃及的公主救起，而是停在一个旧码头的几根木桩中间，被几个划着平底船出来钓鱼的黑人小孩捞了起来。他们对我没兴趣，只是想用装我的草筐来装鱼饵。不过，他们还是为这个发现高兴了一阵子，其中一个名叫小饼的小男孩，说他不妨把我带回去送给他的妹妹凯瑟琳。不过他们一点也没有带我去钓鱼的意思，把我扔在船底，就又把船划进了一条棕色的小河汊里。小河汊的两岸绿油油的。他们的船上放着一卷鱼线、一张渔网、一个装鱼饵的锡罐，还有很多黏糊糊、活蹦乱跳、大口喘气的鱼，我就躺在这些东西之中。没过一会儿，他们又逮住了一对不幸的青蛙和一只活泼的乌龟。乌龟的嘴巴还在不停地开开合合，样子怪吓人的。我就只好盯着上面的蓝天和刺眼的太阳发呆。

还好，我暗自想道，这样总比随着水流漂来漂去的好。我身上也快晒干了，只要我不去惹那乌龟，它也不会来咬我的。我能感觉到身上那在河里泡得又脏又湿的衣服正在慢慢变硬，脸上也结了泥巴块。据说，泥巴还能美容呢。我安慰自己。

太阳快下山的时候，小饼和他的伙伴把船拖上泥巴浅滩，就带上各自的战利品回家了。他们就住在那些木屋里面，每家都有一大群孩子。这些木屋都属于一栋屋前伫立着白柱子的大房子，大房子坐落在几棵树干长满青苔的老橡树后面。房子后面是农田，这些黑人男女平常就在那里干活。当时正是九月下旬，棉花已经摘完运走，庄稼也收割完毕了，正是种植园农闲的时候。在种植园干活的人都领到了工资，从坐在门前台阶上抽烟袋的老爷爷，到才学会爬的大胖娃娃，人人脸上都乐开了花。

凯瑟琳像极了普莱斯家那本插图版《汤姆叔叔的小屋》里的托普西。她那双骨碌碌转的眼睛，一眼就看到了小饼手里的我，从那一刻起，我就成了她的。

“这是我的娃娃。”她骄傲地宣布，就像我穿的是用世界上最漂亮的丝绸缝成的衣服，而不是现在这身没有丝毫从前光彩的棕黄色的水浸衣服。

“你从哪里弄来的娃娃？”他们的妈妈问道，她正在火炉边熬玉米粥，“不是从大房子里偷来的吧？”

小饼把发现我的事跟她说了，她听完大笑着说：“哈哈哈哈，瞧你，总是能从河里捞点好东西上来。”

木屋很小，大人小孩都挤在一起住，但至少现在我不缺玩伴了。凯瑟琳和别的孩子一块儿玩的时候，总是把我放在近旁。这些光着脚丫的孩子在泥地上奔跑，扭打，弄得身后一片漫天尘土。我喜欢听他们唱歌，他们的嗓音温柔甜美，我以前见过的那些孩子都没有这样的好嗓子。晚上，木屋里也总是充满了音乐声。凯瑟琳和别的孩子挤成一堆，在门边上睡着了很久之后，我就躺在那里，听大人们兴致勃勃地拨弄着吉他和班卓琴。他们会弹上好久，叮叮咚咚，奏的是我以前从来没听过的欢快曲调。

在第一个晚上，听着他们弹出的调子，我的思绪飞回了那个小岛，还有岛上土著敲打皮鼓的声音。但不是因为他们弹的调子一样，当然不一样了，仅仅是因为这种音乐中有着同样动人心弦的品质。这曲调让我不由自主地想要站起来，同那些黑人姑娘小伙子一道，跟着节奏跳舞——他们跳的不是华尔兹，不是波尔卡，不是华盛顿广场皮托伊先生教的那种舞，不，不是，这是另一种风格的舞蹈。

有时候，他们也唱歌。他们那奇怪的忧郁歌声让我百听不厌。他们的歌里还唱到了《圣经》里的人，我听出来有摩西、约拿和鲸鱼、诺亚，还有大卫王。听到这些歌，就像他乡遇故知一样。我喜欢听他们唱《马车轻轻摇晃》和《主啊，多么美好的早晨》，还有一首歌的开头是这样的："妈妈不再骑大白马了。"这首歌总让我有一种奇怪的刺痛感。尽管到现在已经过去了这么多年，他们当中最小的婴儿想必也已经长大成人，有了自己的孩子，但那手指拨弄琴弦的声音却还萦绕在我的耳边。

比起我在北方曾经的家来，这里的冬天倒不那么可怕。随着十二月的到来，人们开始为一年一度在那大房子里举办的聚会忙碌起来。每个人，即使是最小的孩子也收到了参加聚会的邀请。我满心盼望着，到那一天凯瑟琳不要把我丢在家里。肯定不会啦。圣诞夜到了，小孩子们都给好好洗了个澡，打扮得整整齐齐的。凯瑟琳跟妈妈要了一块印花布，要给我也做件新衣服。但她不过是用一块四四方方的布，在上面挖了三个洞，露出我的头和胳膊，后面用大头针别好了而已。不过，她能用这样一块布遮住我那破烂的礼服，我已经很感激了。凯瑟琳那天穿上了一件大红的衣服，映得小脸红彤彤的。她的头发紧紧地编成了十一条发辫，用和衣服一样颜色的布条扎了起来。虽然给她梳头的姐姐哈蒂动作很猛，凯瑟琳还是表现得很乖。

“站好。”哈蒂命令凯瑟琳，使劲地扯着她的头发往后拉，拉得凯瑟琳的眉毛直扬，差点把眼珠子都挣了出来，“你想过没有，要是你和平时一个样子，他们能让你进那屋子的大门吗？”

当然，慷慨的上校和他的女儿们是不会把他们关在门外的。厨房里已经摆好了长条桌子，上面放满了鸡、火腿、馅饼和布丁。客人们围坐在桌子边大吃一通，桌上的东西就像是冰山融化一样，全都涌进了他们的肚子里。这次我不光见识到了美味的食物，还见识到了超大的胃口。

吃饭的时候，凯瑟琳把我放在她的膝头。等到进了前厅和宽敞的会客厅，她就把我抱在胸前。孩子们一进到里面，看到那华丽的房间，眼睛都瞪圆了，嘴巴也张开了，像在怀疑自己走进了什么仙境：窗子和楼梯都用绿丝绒装饰了，镀金的长镜子前面点了上百支蜡烛，地板清理一空，只在屋子的另一头放了一张堆满礼物的大桌子，桌子后面站着上校和他的两个女儿。上校是个白头发白胡子的老头，他的大女儿身材胖胖的，衣着讲究，她有两个小男孩，都是一头卷发，身上穿着天鹅绒的套装，他们正在帮外公分发礼物。小女儿身材苗条，神情恬淡。她没有结婚，在家里照顾爸爸。我后来听说，她就是住在木屋里的人时常提到的那位“希望小姐”。

所有的孩子都挤到了桌子旁边，像一群嗡嗡叫的蜜蜂。凯瑟琳刚看到礼物——有分给小孩子的玩具和糖果，有分给大人的衣服和用品——就被人挤到一边去了。我看到礼物越来越少，真担心她一样也得不到。这时，希望小姐看到了她，把她叫到了一边。凯瑟琳受宠若惊，都不知道该对希望小姐说什么了，只是站在那里抱紧我，对着希望小姐咧嘴傻笑。要么是我和凯瑟琳的红衣服反差太大，要么是希望小姐比别人眼尖，直觉告诉我，又一个改变命运的时刻到来了。

“这真是太奇怪了！”我听到她惊叹道。她把我拿过去看了看。她的手指细长白净，戴着好几个镶着红宝石和绿宝石的戒指。

她连忙把我递给她姐姐看。

“劳拉，”她说，“你还记得我们在展览会上看到的那个小木头娃娃吗？”

“哎呀，记得，”她姐姐忙着分发礼物，头也没抬地问，“怎么啦？”

“你知不知道它后来丢了？”希望小姐说，“我们从新奥尔良回来以后，我在报纸上看到的。我想这就是那个娃娃，你看她的表情和大小，一定是她，错不了。”

她俩把我拿到一盏灯下，仔细打量了一番，又把我身上的花布衣服脱下来，看到我里面那身已经弄脏了的漂亮衣服时，之后就再无可疑了。她俩把凯瑟琳叫到身边，问她是怎么得到我的。凯瑟琳害羞极了，一句话也说不出来。她们又把小饼叫了过来，小饼把前几个月在河里钓到我的事情原原本本说了一遍。听她们也联想到了摩西和纸莎草，我顿时觉得自己重要起来。

“我们应该马上把她还回去。”希望小姐宣布道，“我记得没错的话，报纸上说她是借来做展览的，她的失踪已经闹得沸沸扬扬的了。”

凯瑟琳越听越难过，忍不住把脑袋埋在妈妈的裙子里放声大哭起来，头上的十一根小辫子随着她的哭泣一翘一翘的。

希望小姐也很难受，看到桌子上的玩具娃娃都已经分发完了，她心里就更难受了。最后，她一手拿着我，一手拉着凯瑟琳，领我们上楼去她的房间。她的房间很大，昏暗的光线显得屋子里更加空旷。梳妆台的镜子两边各点了一支蜡烛，她的象牙梳妆用品在烛光下泛着银色的反光。那张巨大的带顶盖的床边，是一张桌子，桌子上摆着玫瑰花，她的椅垫上、窗帘上也都绣满了玫瑰花的图案。屋子的一角摆着一个柜子，透过柜子上的玻璃门，我隐隐约约看到里面摆着一些瓷器，好像都是玩具。希望小姐把我放在梳妆台上，径直走到那个柜子前，拉开门，拿出一样东西后转身走回到凯瑟琳面前。

“关于这个木头娃娃的事情，我很抱歉。”她温柔地说，“但你知道，她不属于我们，所以我们不能要她。不过我要给你一个我小时候玩过的娃娃，她叫米格诺奈特，是从法国来的，她身上穿的衣服都是我妈妈亲自给她做的。”

凯瑟琳惊呆了，愣在那里。希望小姐只好把娃娃塞进她手里。那是一个漂亮的瓷娃娃，头发是真的，身上穿着带褶边的白裙子，系着粉红色的腰带。凯瑟琳下楼的时候，开心极了，她要把娃娃拿给其他人看。但是我听见希望小姐在她身后轻轻地叹了口气，然后关上了柜门。

我必须要说我在希望小姐的卧室里度过了愉快的一个星期。在这个星期里，她们给我洗了衣服，又把我的情况写信告诉了新奥尔良的一个朋友。希望小姐亲自给我把衣服脱下来，洗干净。她对着这块精美的婚礼手帕惊叹不已，看到破损的地方已经没法复原，她难过得差点哭出来。衣服上有些棕色的泥污怎么也洗不干净了，有些扯破的地方即便是希望小姐的巧手也没办法修补了。我的衬裤是用新布料做的，倒没怎么扯破，里面那件细布内衣也一点没坏。我想，这种料子可能也是用和花楸木一样结实的材料纺出来的，尽管上面绣字母的红线已经变成了浅浅的粉红色。

“我开始喜欢这个娃娃了，”几天后，希望小姐对她爸爸说，“真舍不得让她走。你看，她这张脸多吸引人呀。”

“是啊。”他赞同道，用他那双深邃的蓝眼睛注视着我，“她是用上好的木料雕成的，还是一个有性格的娃娃。如今，像她这样的娃娃已经不多见了。”

这么多年以来，我一直把他的这番话珍藏在心中。在人的一生中，能有多少机会得到这样一位老绅士的好评呢？

但希望小姐是忠于自己的良知的，于是一天她给住在新奥尔良的朋友写了一封信，信上写了她是如何发现我的，以及我又是如何符合报纸上描述的那个展览会娃娃的特征。她把我连同我身上的衣物放进一个小木头匣子里，在我的身下垫了棉花，又用蜡给匣子封了口，把我寄给了那位朋友。

我不知道这个木头匣子在路上走了几天，只知道有一天匣子被打开了，几个人正在讨论要怎么处置我。一共有三个人，是我以前从没见过的两位先生和一位女士。他们冷冷地打量着我，看得出来，他们当中没有一个人对娃娃感兴趣。

从谈话中我听出来，他们先是收到了希望小姐的信，已经跟展览会的主办方联系过了，可是展览会几个月前就结束了，他们不知道该拿我怎么办。他们也去找过霍汀斯小姐和安奈特小姐，却发现她们俩一个病了，另一个也不知道画家法利去了哪里。所以，我就躺在一张桌子的抽屉里过了好些日子。有时候，有人把手伸进抽屉找支笔或纸什么的，会把我拿出来看上两眼。在那个时候，他们偶尔会说上一两句该把我送到哪里的话，然后，又把我扔回抽屉里。

最后，总算有人知道了法利先生的地址。

“他在纽约的时候,大多会住在那里。”我听到他们说,“所以，把这个娃娃寄到那里他就能收到了。”

我又被放进了那个木头匣子，寄了出去。在经历了陆地、海洋和内河蒸汽船的旅行之后,被关在一个木头匣子里，可说是档次大跌，我一点都不喜欢。好在里面的棉花床还挺舒服的。想想我在马鬃毛沙发里待过的日子，就没什么好抱怨的了。

有时候，透过盒盖上的缝隙，我能听到外面发生的事情。我就是用这种方式了解到要想找到法利先生还真不容易。邮递员一定是带着我跑了好几个地方，每到一个地方，他都会问有没有一个姓法利的先生住在这里。而回答总是：没有，没听说过。这让我不由得为自己的前途担忧起来。

“好吧，”最后我听到一个声音说，“那就把它送到死信处去吧。”

你可以想一想，听到这句话，我心里是个什么滋味。我觉得自己的日子就要到头了，盒子的每一次移动和震动，都让我觉得这会儿怕是要给人拿出来劈掉，或者烧掉了。在那段黑暗的日子里，尽管我不断地鼓励自己，我的花楸木之躯会施以援手的，但我必须承认好运气离我而去了。我快要崩溃了，真希望能有些樟脑球来把我熏晕算了。

怎么说呢，没有一成不变的事情，局面早晚会有转机，这一天终于到了，我感到盒子被拿起来，剧烈地摇晃着。

“查理，”一个男人的声音说道，“看这儿，这只盒子和那些包裹一起来的。盒子是用木头做的，不过不沉，没准里面有条珍珠项链呢。”

当时我不知道外面究竟发生了什么。后来才了解到，当死信处堆满无人认领的包裹的时候，人们就可以时不时过来把这些包裹买走。买之前不许打开来看，所以买的人也不知道自己买到的是什么。不过还是有很多人来买，往往都是一个穷邮递员碰到好运气找到了一件真正的好东西。

那个买了我这只盲盒的人打开一看，见里面不是什么珠宝，大失所望。在人们的嬉笑声中，我被从这只手里传到那只手上。

“谁想和我换？”我的买主问。

“好吧，”另一个人说，“我用这只描彩的肥皂盒跟你换，虽然我这个值钱多了。”

这句话让我羞愧难当。

但后来的事情发展得更快了。

我的买主把另外一些包裹装进一只大口袋，口袋装满了，他只好用手拿着我往家走。路过街边一个小店的时候，他买了点烟草。他先把东西放下，再把烟草装进烟袋里，点上。可离开的时候，他只抓起了那只大口袋，却把我彻底忘在了店里。过了一会儿，盒子盖被打开了，有个胖胖的女人探头看到了我。

“瞧瞧，”她说，“他忘了拿这个盒子。里面是个娃娃，大概是他给孩子买的。唔——”她又盖上盖子，说道，“我就把它放在这个架子上，他可能会回来拿。”

不过，那个人回没回来，我就不知道了。因为第二天，装我的盒子就和其他几只盒子一块儿被卖掉了。

“相信我，这是最上乘的陶土烟斗了。”我听见店里的人对一个顾客说。

显然，买主只检查了其中一只盒子，就想当然地把我这只盒子也当成了陶土烟斗盒给带走了。不管怎么说，反正就是有人粗心大意把我和其他两只盒子绑在一块儿，递给了那位买主。盒盖关着，我只听到了支言片语，看不到外面的情况，只是模糊地听到了是这么回事。但是等我的盒盖再次被打开的时候，我听到一个男人正在跟什么人发火。

“我就说，”他发怒道，“肯定是店里那个愚蠢的伙计搞错了。这下好了，盒子里本该装着陶土烟斗的，结果却装了这么个又老又丑的娃娃。”

我想，比我还差劲的东西多了去了，找到我算好的了。过去，我习惯了人们的喜爱和称赞，如今听了他这番话，又被他生气地往地上一摔，我灰心极了。他本来是想把我摔在桌子上的，结果太用力，导致我一下子从桌子上弹了出去，掉在了坚硬的地板上。这下把我摔得着实不轻，但是比起我自尊心受到的伤害就不值一提了。

然而，等到那个男人大步跨出房间之后，他的妻子把我捡了起来，用围裙给我擦干净脸上的灰，把我放在窗台上，就做饭去了。我打起精神看了看，发现自己是在一间公寓的厨房里，窗户外面就是火车站。火车日夜来往不停，轰鸣的蒸汽机头上吐出灰色的烟雾，给眼前的一切都蒙上了一层煤灰。火车站的站牌也给熏得黑黑的，只能勉强认出来“自由站”三个字。我很快就明白了，那个男人是火车站的售票员，他妻子在车站的另一头经营一个卖饭的柜台。每天，她在家里做好馅饼、饼干和甜甜圈，外加一大壶咖啡，拿到柜台上去卖。每班火车到站的间隔时间很长，在这段时间里，她有时候回家，有时候就去候车室看看乘客们丢弃的报纸杂志。通常她更喜欢去候车室，在那里她读到了各种各样的消息。

“吉姆，”我来到这里一两天之后的晚上，她对丈夫说，“要是你不想要那个木头娃娃的话，我想用她做个试验。”

这句话听起来真吓人，然而比起她丈夫，我还是愿意留在她手里。他哼了一声表示同意，她就翻开一本时装书，翻到了做针线活的那一页。

“没错。”她说着，拿起一卷尺子给我量了量，“虽然比我想的要差一点，我想要的是书上这种瓷脑袋的娃娃，不过我觉得你也能行。”

我不知道她要拿我做什么，那几天，我都在提心吊胆地看着她做准备。她把我放在针线篮里，里面是乱糟糟的一堆东西，有成团的线、一板缝衣针、织补球、破袜子，还有剪刀、砂轮、蜂蜡、顶针、胶带，等等。她还把针线活带到车站去做，最后我终于从她和一位邻居的聊天中，知道了她是打算把我做成一个针插。

“我要做一个娃娃针插。”我听到她说，“就是图上这种。要用布把她的全身包起来，只露出头和两只胳膊。我真想买个新娃娃，可是没钱。先拿个旧娃娃练练手也不错，要是做出来的效果和图上一样，下个星期的教堂义卖会我就把它捐出去义卖。”

于是，我就要变成一个针插了！这个主意可不怎么让人高兴。可我没法反抗，只能由她去。她脱下我的衣服，用绿绸子把我裹上。她没有脱下我的细布内衣，因为在往我身上裹棉花时还用得着它。从前我一直嫌我的腿脚不够灵活，觉得老货郎本该把它们做得更灵活才是。可现在它们都被裹在棉花里面，也许会永远地裹在里面，我再也看不见它们了，我不禁为自己曾经埋怨过它们而后悔起来。但是，我又毫无办法，只能眼睁睁地看着它们被紧紧地缝在里面。

我只能说，变成一个针插的样子还不算太难受，但就这样突然地下半身不能动弹了，我还是有些不习惯。毕竟很久以来，它们都是作为活动的肢体跟我在一起的。还有就是，看到自己从前纤细的腰身跟吹了气球似的，这一点我无论如何也不能接受。最后，我得承认，当看到一根根的针向我扎过来的时候，我始终无法克服心中的恐惧，这总是让我想起平奇小姐嘴里含了一排针的样子。所以到了教堂义卖日的那天，我一点也高兴不起来。

CHAPTER SIXTEEN

第十六章

我又回到了故乡

听到围在义卖桌周围的女士们发出啧啧的赞叹声，我这才打起了一点精神。这次义卖是为了给传教士募集资金，听到这个，我不禁想起了那个小岛，要是眼前的这些太太们知道坐在这堆靠垫、针线盒中间的我，曾经在某个小岛上做过异教徒的偶像，她们该多么震惊啊。

有几个人拿起我看了看，好像要买，最后又因为这样那样的原因转而挑了别的。最后，来了一位名叫麦琪·阿诺德的女士，她一看到我就两眼放光。

“哎呀，”她说，“我就是要给罗艾拉姑奶奶找一个这样的东西当生日礼物，我都快愁死了。今年她七十五岁，这世上

钱能买到的东西她都有，我要给她一个特别的。”

就这样，我被用纸巾包起来卖掉了。

最终，我到了波士顿的一栋老房子——姑奶奶罗艾拉家里。但是我并没有受到热情的迎接，那位老妇人穿着黑丝绸衣服，戴着眼镜坐在餐桌边，一边读生日卡片一边拆礼物。她打开我的包装纸，读了读卡片，嫌弃地瞥了我一眼。

“唔，”她放下我说道，“麦琪·阿诺德送我这个是要干吗？我家里的针插都能放满一整座孤儿院了，更别提这个东西还长得古里古怪的。”

“哎哟，罗艾拉小姐，这话说得也太不领情了，再说了，今天是您生日呢。”老仆人一边收拾桌子，一边埋怨道。

“好啦玛丽，你说得对。”老太太说着，把我和其他的卡片、礼物一道拿进了房间。

那天下午，来了几个祝寿的客人。我坐在桌子上，外面发生的一切都能知道。在盒子里待了那么久，出来的感觉可真不错。我喜欢这种大房子，壁炉里烧着旺旺的火，镶金边的画框里，那些古旧的肖像俯瞰着厚重的雕花家具和摆满书的书架。访客中有一位老太太，穿着海豹皮的披风，戴着一顶便帽，看上去比罗艾拉小姐要文弱一些。看到她，我想起了那两位拉若白小姐。两个老太太在壁炉旁坐下，一边喝茶一边说话。她们俩是老同学，彼此亲热地称呼对方为罗和帕姆。

“桌子上那是什么呀？”帕姆小姐突然放下茶杯，问道。

“那个呀，”罗艾拉小姐把我拿起来，放到朋友的膝头，嘲弄道，“是我的侄孙女麦琪·阿诺德送的，不知道她是怎么想的，送这个给我当生日礼物。我知道话不该这么说，好歹该谢谢她还记得我的生日。可我真不知道要拿这个干什么。”

帕姆小姐兴味盎然地看着我，还摸了摸我身上的棉花，看看我是不是只有半截。她戴上眼镜把我凑到跟前，翻来覆去地仔细瞅着。

“呵，”好半天她才说道，“这要就是个针插，我觉得它真不咋地；但如果是个娃娃，那你可就捡到宝了。这么小的身子，做得这么精致，还挺有特色的。哎呀，我就没收藏过这么好的东西。”

听到她这话，我浑身被注入了一股喜悦，从头一直流到裹在棉花里的脚上。但这时，罗艾拉小姐说，要是帕姆小姐能把我带走就算是做好事了。听了这话，我的心里就更高兴了。

就这样，我被帕米拉·惠灵顿小姐带回了家，加入了她著名的玩具娃娃收藏。

她很快就把我身上裹得严严实实的棉花和绸布去掉，看到我的木头手脚还都完好无损，她的高兴劲儿都快赶上我的了。

“跟我想的一样，”她对女仆说，“一双匀称的木头脚，还上了漆，是木榫固定的，转动自如。看，这里还有用十字针法绣的名字！”

她高兴得像个孩子，立刻拿出针线包要给我缝衣服。

“帕米拉小姐，你看她有多少年头了？”女仆问道。她对新到藏品的兴趣，毫不亚于帕米拉小姐。

“这个就难说了。”我的新主人答道，她用食指敲了敲我的身子，再用一块蘸过油的麂皮轻轻擦去我脸上的灰尘，“怕是有一百年了吧。我记得婶婶也曾有过这么一个娃娃，可没她这么好看，表情也没有这么丰富。”

“嗯，她是你的藏品里最逼真的一个。”女仆赞同道，“她的表情真甜美，神气活现的。”

她们的话给了我极大的安慰。经历了最近这一连串不快，能再次听到赞美之声，我心里格外快活。

帕米拉小姐按照她小时候穿过的一条裙子的式样，给我做了一件衣服，用的是一块印有枝叶花纹的薄棉布。当然了，她还把我的内衣洗干净，打理平整，磨损的地方也修补了一下。我成了她所有藏品中的至宝。她就把我放在写字台上的一把黄色小摇椅上，一来客人，就献宝一样地把我拿给人家看。她常常说，最遗憾的就是不知道我的过去。她常常为此烦恼，这让我比以前任何时候都更加希望自己能有个办法让她了解我的故事。但是就算她的墨水瓶敞开着盖子，写字的纸也摊开在那里，但到底还是缺了一支鹅毛笔。

这一阶段，我还有一个遗憾，就是我一直没能跟她收藏的那些娃娃见个面。她这里可是我认识同类的一个大好机会。据说她家里有上百个娃娃，都放在后厅的架子上，穿着各个地方的衣服。

时间一天天过去，帕米拉小姐的身体越来越差了，虽然她嘴上从来不承认，总觉得自己还像以前一样强壮。终于有一天，她把仆人叫到跟前，说要到乡下朋友那里去消夏。她要坐车去，所以只能带上我，其他的娃娃都只好留在家里了。一是因为我个子小，放进包里正好；二是如果不带上我，她会想我的。听到又要出门旅行，我很高兴，我已经在她房里待了好几年没有出过门了。

可不巧的是，我被装在手提包里，既看不到外面，也不知道要到哪里去。我只知道，到了地方她肯定就会把我拿出来放好的。谁知道还没到地方，我的命运就又走上了另一条路。当时，帕米拉小姐想找手套，就把我从包里取出来几分钟。

"亲爱的，帮我拿一下这个娃娃，"她对朋友说，"这车开得太快，我怕她会飞出去。"

话音未落，我就真的从车里飞了出去。那会儿车正行驶在一条乡间小路上，我们坐的车可不是我从前所见的那种马车了，形状和大小都不一样，像中了什么魔法一样，呼呼地朝前开，路两旁的树都在以惊人的速度倒退着，车子下面还传来突突突突的声音，跑得比乌鸦叼我飞起来的时候还快。我都没搞清楚是怎么回事，好像是那位朋友伸手来接我时，刚好车颠了一下，我就从她们交接的双手之间飞了出去。

接下来我就发现自己摔到了一棵盘根错节的大松树下面。我听到了两位老太太叫一个穿制服的小伙子下来到处找我。他在马路上来回找了半天也没找到。帕米拉小姐也从那辆没有马的车上下来了，加入了寻找的队伍。虽然我能清清楚楚地看到他们，但他们从未向更远的地方寻找。更何况我周围还全是些苔藓和树根。最后听着他们的车开走，我心里难过极了。

自从萨莉·路米斯在暴雨中把我扔进密西西比河那次，我已经好多年没有在野外生活过了。一个习惯了安逸的人，乍一面对这种情况，也很难保持淡定吧。

好在我这回摔下来不是脸朝下，而是脚朝下竖着插进了树根丛里，周围的树根像把深深的椅子窝住了我。我能看到前面的路，能看到一片绿色的牧场，那里还长着桧树。天气很暖和，该是七月吧，雏菊和山柳菊正在田间和路旁盛开。附近还有一条小溪流欢快地淌过石头之间，松枝在头顶迎风呜咽，这声音是如此地熟悉。

我想，要是不能永远待在帕米拉小姐身边，要是注定隐没在一个地方，那这里也不错了，我自己也会选这里的。

夜色来临，星星在无垠的夜空中闪烁，牧场的那头吹来了一阵大风。我似乎能听到遥远的地方有海浪拍打岸边的声音，我真想搞清楚那海浪声是不是真的。不知道我还有没有机会再见到大海。大海，和帕米拉小姐的写字台一样，也曾是我很自在地待过的地方。

这么多年来，我一直待在百叶窗和棉布窗帘的后面，如今再次看到太阳从缀满白花的绿草地上，从松枝的针尖之间升起来，感觉真是奇妙。露珠打湿了我的衣服，太阳升到一定高度后很快又把它晒干了。鸟儿在天空自由地翱翔和啁啾。我的思绪飞到了从前在普雷布尔家的日子，想要回忆起那些鸟的名字来。我忽然意识到，后面的这些年，我都住在城里，也许现在我又该回到乡下了。

当时我并不知道自己猜对了。一个星期以后，当有人发现了我，我才明白，我真的回到了老家，回到了缅因州。

接下来的几年我就不多费什么笔墨了，一来我也没什么感想，二来也不是什么特别的经历，既不是冒险，也没有什么教育意义，不过是从一个地方辗转到另一个地方，居无定所。

但还是回头说说路旁那个大松树根吧。有一天，来了一帮年轻人在树下野餐。这些姑娘小伙子吵吵嚷嚷的，一点也不可爱。姑娘们穿着紧身衣，一点也不斯文，吓了我一跳，简直宁愿一个人待在树下也不想被他们发现。可是他们看到了我，其中的一个小子还拿我开粗鄙下流的玩笑。我一点也不喜欢这样，那些姑娘倒是笑得前仰后合。吃完饭他们就把我放在车上带走了。他们坐的是真正的用马拉的车，但在路上，也有好多不用马拉的新型车从我们旁边超过，我听他们说这些车叫“汽车”。

嗨，其实我没必要担心自己会落到他们手里，他们把这租来的马车还到马厩里之后，就把我给忘了。我就在那个车后座上待了不少日子。再次待在马厩也不错，从那些进进出出马厩的人嘴里，我得知，原来我真的已经回到了缅因州，而且正离波特兰不远。

最终，一伙来租车的人发现了我，车主不知道该拿我怎么办，就把我放在了他那小小的办公室的窗台上。那儿格外燥热，阳光从窗户照进来，把我的衣服晒褪了色，我身上也蒙了厚厚的一层灰，因为那是一个干热的夏天。车主上了年纪，对汽车有一肚子意见，最喜欢看到汽车陷进乡下的泥潭里，等人家来请他用牛马给拖出来。

一天，他的女儿来办公室给他做年度大扫除。她搞不懂在一堆旧马具、油漆罐和脏兮兮的纸堆里，怎么会有一个小小的旧木头娃娃。

“也许哪个孩子会喜欢，爸，”她说，“我想下次去波特兰的时候把它带到凯莉家去。”

“拿去吧。”他同意了，一心想让她尽快收拾好走人。

原来，凯莉是他另一个结了婚的女儿。她很能干，在通往法尔莫斯的路上开了一个小饭馆。每次听到这些熟悉的地名，我的心中就漾起一阵喜悦。我还幻想着，也许能见到菲比·普雷布尔。但我也明白这个想法太过不切实际，因为帕米拉小姐说过，我已经有上百岁了。而车主办公室的日历告诉我，过去的岁月远比我想象的要多，尽管年份还是四位数，但是一后面那个数字已经从八变成九了，后面又是一，最后一个数字是三。真遗憾，我竟然不知不觉地进入了新世纪，但我想跨世纪那天我可能是在邮局的死信处。

不久我就到了凯莉的餐馆，就在通往法尔茅斯的那条路上。不过，她决定不把我给孩子们玩。

“贝西，我跟你说噢，”她们一边吃着大盘的蛋糕和草莓，一边聊天，“现在有人肯花大价钱收这些旧东西，我都搞不明白怎么回事。这儿有个人，上个星期看到我厨房里那张旧桌子，用刀子刮了一点木头屑下来看看，说是波纹枫木，有人愿意出二十块钱买它。”

“我看他们是疯了。”贝西说，“不过既然他们愿意买，我们干吗不卖？我可不像爸爸，看什么新的东西都不顺眼。凯莉，你怎么没卖？”

“我要卖的。”她回答得很干脆，“我仔细想过了，我要把前厅清理出来，把所有的旧东西都摆上。你要是在农场找到什么，就也送到我这里来，我会叫吉姆写个牌子，‘旧家具出售’，说不定就有哪个冤大头把这个娃娃买去了。看看她能不能值个一块钱吧。”

凯莉说干就干，一点都不含糊。很快，她把地方清理好了，摆上了她丈夫所谓的一堆破烂。我坐在一块蛀了虫的垫子上，有两三年时间都没人看过我一眼。冬天生意很冷清，屋子里冷得就像地窖。不过夏天就不一样了。最后有一天，来了一位矮小的老太太，头发雪白，脸颊粉红，饶有兴趣地把每一样东西都摸一摸，看一看。这让我想起了帕米拉小姐。当她指着我问价的时候，我心里高兴极了。

“噢，两块钱吧。”凯莉答道，顾客多了，她要价也高了。

我的腿有点发软，生怕那位老太太嫌我太贵了。她拿起我来，转了转手脚，看看还灵不灵活。

“瞧，”她对同来的那位女士说，“我本来是想来买几个瓷猫瓷狗放在架子上的，却被这个娃娃的表情给吸引了。”

“也许是件古董。”那位女士说，“不过我看她挺丑的嘛。”

我成了古董！这也是我第一次听到古董这个词，后来它就常常跟着我了。感谢那位老太太，她跟朋友的看法不一样，她买下了我。希望她永远不会为那两块钱而后悔。

虽然被包在纸巾里，我知道自己又坐上了汽车。要是她们能让我看看窗外乡村的景色，我一定会大饱眼福。

我不禁想，这位老太太家里要是有孙子孙女就好了，也许我还能和他们玩一玩。不过，这纯粹是我自己的臆想，接下来我的生活就在一个摆满了各种小玩意的博古架上度过了。这屋子里只住了我的新主人和她的一个仆人，满屋子都是旧家具，很多人从老远的地方过来参观。到家的第一个晚上，老太太坐在壁炉前看报纸，我从架子上四处打量，门板和墙角的柜子吸引了我的注意，有种格外眼熟的感觉。壁炉上方嵌着一个小壁龛，壁龛的门闩上有一个凸起的“普”字。我以为看花了眼，朝别处看了看，再转过头来看壁龛上的那个字，反反复复看了好几次，才肯相信自己的眼睛。不是吧，这里就是我出生的第一年天天目睹的地方！这么多年之后，我又回到了普雷布尔家！如果门板、家具和壁龛上的那个普字不足以说明什么，那么还有窗外的那棵老松树，我甚至能找到我曾经挂过的那根树枝。这一切是那么地令人难以置信，却又那么地真实。那天夜里，我就那样坐在博古架上，听着窗外夜风拂过树梢，那阵阵熟悉的松涛声。

过了一阵子我才知道这位老太太是怎么住到这里来的。我知道她不是菲比，可我总忍不住想她会不会是菲比的什么亲戚。然而，有一天，她跟一个客人说，她不认识这栋房子以前的主人，只是听说这里以前住着叫普雷布尔的一家人，靠出海为生的。她一直想找一栋旧房子放她的藏品，也可以在夏天吹吹海风。这是她看过的房子中最让她中意的，于是就买下这里，简单收拾了收拾搬了过来。

噢，听完了她的话，我心里想，我有多少故事可以告诉她呀。

和她在一起的日子很平淡，因为平时就是接待一些来参观的客人，而她出门去收集旧东西时从不带上我。她最喜欢的是各种瓷器小动物。结果，我的周围摆了一堆小瓷狗小瓷猫，小瓷羊小瓷兔，孵蛋的瓷母鸡、小瓷鹅，还有

有时我总感觉像是进了一个动物园

瞪羚和小瓷猪，有时候我常常觉得这儿简直就像个动物园。她每增加一个新藏品，我就失望一次，也许是我过去接触了太多活的动物，所以对这些冰冷的瓷制仿品便总是看不上眼。我永远也忘不了海岛上结识的那些灵巧聪敏的猴子，还有干草堆里古道热肠的小田鼠，以及它们那温暖湿润的小舌头。

我常常回想从前，尤其是在冬天，老太太锁上大门回城里去住的时候。屋子里没有火，透过百叶窗的缝隙我看到外面一片冰天雪地。有时候风向恰当的话，会送来教堂的钟声，一定是从集会山上的教堂那里传来的。我真想去看看当年我躺过的普雷布尔家的长椅下面，脚凳和那本插图本《圣经》还在不在。在回忆中，我又度过了好几个冬天，每每盼着春暖花开，盼着老太太回来。

冬天过去了，门窗重新打开，我真欢喜。这个时节，门前道路两旁的紫丁香一定开了满树的紫花，从我坐的地方望出去，松树林的那边就是果园了。疙疙瘩瘩、歪歪扭扭的苹果树上一样开满了粉红的花朵，只是比我记忆中的还要粉嫩。是呵，院子里的灌木、冬青、野百合还有玫瑰，都还像以前那样繁茂。从前菲比·普雷布尔就常把我放在围裙兜里，带我在这院子里摘花。我甚至听到老松树上传来同样的乌鸦嘎嘎的叫声，我忍不住想，这乌鸦会不会就是当年我违心地同住一巢的那些小乌鸦的后代呢？

CHAPTER SEVENTEEN

第十七章

我被拍卖

然而这一年不知道为什么，春天如期而至，老太太却没来。我难以理解。门外的紫丁香开得那么好，她不来看真是可惜。夏天都过完了，她还是没有出现。要不是透过百叶窗的缝隙，我都不知道野玫瑰已经怒放，秋麒麟草也都盛开了。

到了九月，有一天门开了，进来几个陌生的男人。我以前一个都没见过，他们却把这里当成自己家一样，东走西看，检视着每一间屋子里的每一样东西。老太太要是看到他们这样随便翻看这些东西，肯定不喜欢。他们手里拿着好多标签，给屋子里的每一把椅子、每一张桌子和每一幅画都贴上了一张，就连我和那些瓷猫狗也不例外。挂在我脖子上的这张标签，在他们挂上之前我认出来上面写着 77 号。

“好了，弗兰克，”我听到一个人对另一个最胖的家伙说，“楼上的东西都已经编好号了。应该能卖个好价钱。”

“运气好的话没问题。”那个胖子站在门口，眯着眼睛看着马路对面云杉树后的落日，“看起来明天天气不错。要是我估计得没错的话，方圆十几里的夏季游客都会过来的。”

“是啊，先生，”另外一个人说着，和他一起收起了纸笔，“这会是本地最热闹的一场拍卖会了。要知道，这些可都是古董。这年头听到古董两个字，大家都跟着了魔似的。”

他们的话隐约让我觉得有些不安。我没法把这些话从脑子里抹去，尤其是脖子下面的号码牌还在时时提醒着我。唯一让我感到安慰的就是，他们把我和那些瓷器分开来了。那些瓷狗瓷猫都被按照品种分成了一堆一堆的。看来他们觉得那些东西没什么价值，就不必费神单独编号了。

第二天一大清早，那些人又来了。这是一个初秋的早晨，阳光明媚。他们又在屋子里折腾了一番，把楼上的家具都搬了下来，放到外面的草地上。我坐在前厅的一个柜子上，放眼望去，一切尽收眼底。四面八方不断有汽车开过来，不到十点钟，马路上已经挤满了汽车，屋里院里到处人头攒动，喊喊喳喳。我被那些人，尤其是妇女孩子的衣着打扮吓了一跳——他们身上几乎就没穿什么像样的衣服！我忍不住想，幸好普雷布尔太太眼不见为净，她要是看到孩子们光着胳膊和大腿，只穿了汗衫短裤，一定会惊恐地举手大喊，更别说还有那些穿着短袖上衣和短裙的女士们了。

我很快就落入了这群人的魔掌，他们把我翻过来覆过去，拧拧胳膊掰掰大腿，又粗鲁地掀我的裙子和衬裤。

“古董，古董，古董。”到处都是这句话，我这才明白昨天那个人说，这年头人们听到古董就跟着了魔似的是什么意思。

这里面有几个人对我还算友善。其中有个穿着黄裙子戴着一顶大草帽的漂亮小姑娘，她不像别的孩子那么咋咋呼呼的，有点像我过去的那几位小主人。她不过六岁左右，要身边的大人把我从柜子上拿下来，她才能看清楚我。

“姑姑，我想要这个。”小女孩恳求道，“爸爸给了我一块钱，够不够？她这么小，还晒得这么黑。”

她姑姑笑出了声。

“莫莉，她是因为掉了漆才那么黑的。”她说，“她是七十七号，要过好久才能轮到呢。”

“我就要她。”她坚持道，“她就是晒黑了嘛。”

这话和她放在我膝盖上的木犀草都给了我很大的鼓励，陪我熬过了这个难堪的场合。

此外，还有一位老先生，穿着灰色西装，留一把白胡子，脖子上挂着一个小镜片，用来卡到眼窝里把东西瞧个仔细。他透过镜片看了我很久，把我在他那修长而温柔的拇指和食指间摆弄。他有一双敏锐的眼睛，什么都不放过，就连绣在我内衣上的字母也被他收入眼底。他的好奇倒不招人反感。他在我身上花费这么长时间，反复戴上他的镜片把我看了又看，反倒令我觉得非常荣幸。

“这个，”最后他小心地把我放回柜子上，扭头对旁边的一个人说，“是一件早期本国风格的艺术品，如今很难看到了。”

他说完走进了另外一间屋子。可是昨天那个胖子听到了他的话，我看到他往手里一张长长的纸条上写了点什么，又跟同伴嘀咕了两句，还朝我竖起了大拇指，所以我敢肯定这一切准是和我有关。但是我不知道接下来要怎样，因为我这还是第一次听说什么拍卖会，还不知道什么叫拍卖。

不过很快我就明白了。

人们又一窝蜂地挤到门前的院子里，有的坐在折叠椅上，有的坐在箱子上，凡是能坐人的东西上都坐满了人。那个胖子在门前的台阶上站好，前面摆着一张厨房里拖出来的餐桌。他的同伴端出来一盘瓷狗，胖子一只手举起了一柄大槌子，这个东西让我颇为震惊。难道他们要把这些狗当场都敲碎？想到这里，我不禁为自己感到恐惧，但老实讲，我倒不为那些小狗感到遗憾。

但很快我就搞清楚了我搞错了。开始是拍卖师说出一个底价，然后坐在下面的人就叫着出价。一开头，拍卖进展缓慢，这些瓷狗不像那男人想的那么受欢迎，最后五块钱卖出去的。胖子直摇头，说这简直就是抢东西。有时候，要是一样东西很多人想要，拍卖就热闹起来了，一个人接一个人地叫价，胖子敲着大槌子在一旁火上浇油，时不时地提一下价。

另一个让我吃惊的事就是，有些我觉得没人会要的东西，却卖了个好价钱。比如说那把铜茶壶，除了放在炉子上烧水，还能有什么用处呢？还有那几把破火钳和吊水壶的铁链铁架什么的，卖的价更高。普雷布尔一家没看到在他们家前院发生的这一幕，也算是眼不见心不烦了。

嗯，最后终于轮到我了。要是我表现出害怕得发抖的话，你们不会笑话我吧？叫到第七十七号了，我被拿了出来，放在拍卖师面前的一个木头盒子上。我一只手放在木犀草上，另一只手压住我的裙子——就算被拍卖，我也要保持体面。这时已经快到中午了，微风吹拂着头顶上的松枝，阳光明晃晃地照着马路对面的紫苑和秋麒麟。自从回家以来，我这还是第一次走出门外。看到这些熟悉的景象，我的心中突然涌起一阵感动。然而底下却有那么多陌生的面孔在看着我，他们说说笑笑，交头接耳，等着那个胖子举起拍卖槌。

“女士们先生们，”他开口了，“现在我面前的这个是七十七号——”

他停了一下，看了一眼手上的单子，人群中响起一阵感兴趣的窃窃私语。

“希蒂！”我忽然听到那个小女孩喊道，“她叫希蒂，她内衣上这么写的。”

人们笑了起来，就连拍卖师都笑了。

“好的，”他抬起头继续说道，“这样她的身价又提升了一点点了。相信大家都仔细看过了，她保存得十分完好，不缺胳膊不少腿，而且穿戴整齐。我还要冒昧地加上一句，看她的表情她的精神状况也还不错。”人群中又爆发出一阵笑声，只有那个小女孩没笑。她一脸坚决地站在一个肥皂箱子上，手里紧紧攥着那一块钱。“你们中的一些人或许还不知道，她是一件早期美国风格的珍品。”他照着纸上写的飞快地念出了这句话，我看要不是那位老先生，他才不知道这个呢。“下面，女士们先生们，这个有一百多年历史的娃娃希蒂，一个人人都以能拥有她而自豪的珍稀古董，我该如何出价呢？”

“给你，”那个小女孩不等他说完就喊道，“这是我的一块钱。”

“一块钱。”那个胖子又开口道，换上了竞拍的时候惯用的那种低嗓门，“这个珍稀娃娃，出价一块钱。有人愿出两块钱吗？”

“两块。”“两块。”“两块五。”四面八方响起了竞拍的声音。

有人挤到前面，挡住了那小女孩。我倒有点高兴看不见那个小女孩的脸了，我真不想看到她失望的样子。其实我也有点失望，我也愿意做她的娃娃，不过后来，当竞拍的人越来越多，我不免有些得意起来。

“十块钱。”第二排的一个人喊道。

“十块钱？”那个胖子有点泄气，“女士们先生们，只有十块钱？你们不知道自己面前放着的，是一件美国风格的珍品吗？”

“十五块钱。”最后一排有人喊道。

我不喜欢这个声音，更不喜欢这个大声喊叫的人。这是一位健壮的女士，穿了一件粉红色紧身裙，头发乱得像稻草，上面顶着扎眼的绿帽子，脸蛋红彤彤的。她让我想到海岛上的土著酋长，我觉得他们俩还真有点像。珍品这个词不知道触动了她哪根神经，要是拍卖师没说这话就好了。

这时，那位穿西装的老先生来救我了。我看到他拿着帽子站在人群外围，就在那棵老松树的下面，松枝在他的白发和胡子上投下斑驳的影子。我发觉虽然他嘴角含着一丝漫不经心的微笑，却是一副志在必得的神情。

“十六块钱。”他沉着地说完，把雪茄又放回嘴里。

“二十！”那个女人立刻接上。

“二十一。”她的对手跟上，音量都没提高半度。

接下来就是他们两个人之间的竞争了，别人都放弃了，都在等着看他们俩谁能最后胜出。

“二十五块，女士们先生们，”那个胖子压低嗓子喊道，“后排那位女士愿意出二十五块买下这个娃娃。”

我又看向她那个方向，我所有的恐惧都翻倍了。我越看越觉得她像那个土著酋长。这时她有点嫌天热，挤眉弄眼地做出一脸丑相。要是落到她的手里，以后的日子可怎么过呀。

“二十六块五。”老先生的声音安慰了我。

“三十！”那一位尖声叫道，接着又斩钉截铁地加上一句，“就是出到五十我也要定了。”

她说完了之后，竞价仍继续进行。她每次加价，那老先生都在她的价格上再加上一块钱。这下，连拍卖师也激动了，其他人都屏住了呼吸听着。我想，没有哪个站在拍卖台上的奴隶有我这么吃惊的了。当价格超过四十之后，我都不敢相信自己的耳朵了。当年老货郎做我的时候，用的虽然是块花楸木，也没想到能值这么多钱吧。在拍卖台上坐了这么久，我有点走神了，不知为何，我总是把那位老先生想象成老货郎，两人身上有一种说不出的共通之处。然而那个女人挥舞着手中的珠包，高声的尖叫又把我的思绪拉了回来。

“我出五十块！”

人群中有人惊讶地叫起来。接着，拍卖师着手处理她的出价了。

“五十块，”他郑重宣布，“有人出五十块。还有哪位女士先生愿意出比这更高的价钱？”

我那松树下的朋友没有出声。他嘴上的雪茄周围烟雾氤氲，那片圆镜片还在他的眼窝里，他就那么一动不动地站在那里。

“五十块。”那个胖子在我上方单调地说，“五十块一次——五十块两次——”他把槌子高高举在空中，每双眼睛都盯在了槌子上。

可是我越过人群朝后看去，那个穿粉红色紧身裙的女人正回过头和身边的一个男人说话，她觉得这次肯定能拿下我了，都懒得回头看拍卖师的槌子是否落下，就挽起那男人的胳膊朝一辆闪闪发亮的蓝色汽车走去。

“五十块——三——”拍卖师还在喊。

“五十一。”松树下传来了这个声音，我知道我有救了。

“五十一块一次，五十一块二次，五十一块三次。”

这回，槌子重重地落下，我从盒子里跌落出来，掉到了桌子上。但是我是如此释然，以至于下面传来阵阵哄笑声都没让我觉得难堪。老先生走上前来，快活地给我理了理衣裳。自从离开那个海岛，这是我第二次为自己虎口脱险而感到欣喜。

那个早上我的情绪起起伏伏，已经耗尽了我的体力，好在老先生不等拍卖会开完就带我离开了。拍卖会有中场休息，我真担心到时候那个女人会再突然出现把我抓走。看到老先生把钱交给他们，抓起帽子和一个小袋子就离开了，我高兴极了。

他只停了一下，用他那条真丝的花手帕把我包起来，放进他胸前的口袋里。他体贴地把我的脑袋露在了外面，许是猜到了我的心思，知道走过那条久违的街道对我有着特别的意义吧。他拒绝了许多司机的乘车邀请，步伐轻快地走在路上。

这是九月的一天，天气晴朗，碧空万里，就跟我和普雷布尔一家乘着马车去波特兰港的那天一样。同样灿烂的阳光倾洒在路旁的树叶和果子上，远处是碧波荡漾的大海，海里有一个小岛，在蓝天的映衬下，岛上茂密的树丛像是给它披上了一件发亮的缁衣。路边比原来多了几栋房子，港口里停了一些奇怪的船，还有路上飞驰的汽车。除了这些，我感觉似乎又回到了菲比·普雷布尔的时代。然而听他们说，现在离那时已经过去一百多年了。不过对我来说，这些年的际遇在我的记忆中仍是如此鲜活，好像与眼前这秋色，我们路过的路边金色和紫色的花和红色、黄色以及棕色的树叶，还有远处花楸木亮晶晶的果子，都连接了起来。

后来，这位老先生坐上了火车。火车奔驰在更加绚烂的秋日田野中，过了好久，他才打开袋子要把我放进去。

“好了，小姐，”他嘴角含着微笑，佯装严肃地说道，“你今天可花了我不少钱。老实说，我今天可是要去买钩花地毯、瓷茶壶和温莎椅的，你觉得自己抵得上所有那些东西吗？”

他正要系上了袋子，火车一定是刚好从缅因州驶进了新罕布什尔州，因为他指着窗外对我说：“希蒂，你的旅行开始了，我想你还从没出过缅因州吧？”

说着他就系上袋子。这个呀，我心里想，只能说明，就是最聪明的人也不是无所不知的呀。

LAST REMARKS
尾声

就这样，我们来到了这里——位于纽约第八大道的这家古董店。写到这里，我的回忆录也要画上句号了。也是时候停笔了，因为我的耐心和这些纸张一样快要用完了。

我为什么会和老先生一道坐上火车，从缅因州来了纽约呢？这很好解释，原来那位老先生是受了亨特小姐的委托，给她的店铺采购一些古董。这回他把亨特小姐的钱全花在了我身上，我想当他把我拿给她看的时候，心里多少会有点忐忑吧。可亨特小姐却满不在乎，还惊喜地和老先生一道对着我评头论足。

“这是一件上好的藏品。”她兴奋地说。

“看不出来是用什么木头雕的，”老先生说，“不是枫木，也不是胡桃木或松木。”

“管它是什么木头，这身衣服可真不错。”亨特小姐注意到了。她把我上上下下仔细打量了一番，说：“过了一百多年了，还能这么完好。”

“我们自己可就不敢说喽。”老先生笑着加上一句，拿起袋子离开了。

那不是我最后一次看到他。事实上，昨天他还来看过我，给我带了一把松木长椅来。几乎每次外出搜购，他都要给我带件小礼物——包边的地毯啦、贝壳啦，或者带床柱的小床架啦。亨特小姐说，他要把我给宠坏了。有时候，她一看到他过来，就把我收起来，骗他说自从他上次走了之后，我就卖给别人了。其实他们都舍不得卖掉我，顾客们都说，就算是件古董，我这定价也太离谱了。

在古董店这一带，我也算小有名气了。亨特小姐把一张写有我名字的纸条别在我的衣服前襟上，这下我可松了一口气，因为我已经被那些陌生人的指指点点弄得不厌其烦了。我坐在小椅子上，身边放着我的东西，透过橱窗听着外面人的谈论，许多路人还会直呼我的名字。比如我知道有两位艺术家每次出来散步都要说：“回去的时候从古董店那边过吧，我们去跟希蒂打个招呼。”我就坐在那里，脸上保持着愉快的表情，看着这些较有眼力的人们。尽管岁月不饶人，我的表情也许已经有所暗淡，但无论在任何危难关头，我的笑容始终依旧。

在古董店的日子并非没有乐趣可言。每当新顾客光临，我就提起了兴致，同时又有些犹疑，他们中又会有谁带我去经历下一趟奇遇呢？我感觉还有更多的奇遇在等着我。就在

我感觉还有更多的奇遇在等着我

前几天的早上，我听到空中传来一种奇怪的嗡嗡嗡的声音，路上的行人都停下脚步抬头看去。我也想学他们的样子抬起头来，就使劲往后仰，结果从椅子上一头栽了下来，跌落在橱窗的架子上。这一下我倒正好能把天空尽收眼底，我看到高楼上的天际之中，出现了一个好似巨大的蜻蜓样的东西，有着银色的翅膀，在蓝天中滑翔。

“瞧，那是飞机！”人行道上一个小孩叫道，“将来我也要坐飞机。”

我带着疑惑和期许看着它飞出了视线。也许有一天，就像那个小孩一样，我也会飞上天去。为什么不呢？既然这世界给我们安排下了崭新的旅程，而我感到此刻身体里正充盈着前所未有的活力和热情。毕竟，对于一个江湖经验丰富的花楸木娃娃来说，一百年又算得了什么呢？

图书在版编目（CIP）数据

木头娃娃的旅行 /（美）菲尔德著；（美）莱思罗普、帽炎绘；陈静抒译.
—昆明：晨光出版社，2013.1（2021.4重印）
ISBN 978-7-5414-5418-9

Ⅰ. ①木… Ⅱ. ①菲… ②帽… ③陈… Ⅲ. ①儿童文学－长篇小说－美国－现代 Ⅳ. ①I712.84

中国版本图书馆CIP数据核字（2012）第320582号

出版人 吉 彤

作　　者 ［美］雷切尔·菲尔德
绘　　者 ［美］多萝西·P. 莱思罗普　帽　炎
译　　者 陈静抒
译文审订 钱厚生
项目策划 禹田文化
责任编辑 李　政　常颖雯
项目编辑 付凤云
美术编辑 刘　璐
封面设计 萝　卜
内文设计 孙美玲　MiRose

出　　版 云南出版集团　晨光出版社
地　　址 昆明市环城西路 609 号新闻出版大楼
邮　　编 650034
发行电话 （010）88356856　88356858
印　　刷 北京润田金辉印刷有限公司
经　　销 各地新华书店
版　　次 2013 年 3 月第 1 版
印　　次 2021 年 4 月第 14 次印刷
开　　本 145 毫米 × 210 毫米　32 开
印　　张 8
I S B N 978-7-5414-5418-9
字　　数 148 千
定　　价 18.00 元

把世界放到你的书架上

每一片叶子都曾栖息过梦想，
每一本好书都散发着光明和力量，
阅读滋养想象，自由放飞成长。

>> 美国普拉·贝尔普利奖

诺贝尔奖得主聂鲁达童年传记小说

聂鲁达自幼便是一个梦想家，但他的父亲根本不支持他的梦想，甚至试图一手策划他的未来。即便如此，聂鲁达也从未想过放弃创作，而是怀着超乎自己想象的勇气，踏上了追逐梦想的旅程。谁也未曾预料到，这趟旅程，彻底改变了他的人生，也改变了整个世界。

>> 纽伯瑞儿童文学奖银奖

献给所有觉得自己与众不同的人

十一岁的萨思琪跟村里的每个孩子都不一样，有时她像个天才，有时她让人不安。一双眼睛的颜色变幻不定，高兴的时候是烟灰色的，恶作剧时就变成了丁香紫。她出生后不久，外婆就一直担心她太特别。直到有一天，她突然记起了一些久远的记忆……

>> 施耐德家族好书奖

勇敢做不一样的自己

字母 a 是褪色的向日葵般的黄色，数字 2 是棉花糖的粉红色，小猫芒果打出的呼噜是一个个芒果色的圈圈……这不是一本魔幻小说，然而十三岁的米雅确实拥有魔法般的“天赋”，她能“听到”颜色……

>>> 美国国家图书奖金奖

尽力做最好的自己

两个没有人要的女孩被送到了长满蓝莓的海边山谷，被迫与两位特立独行的九十一岁双胞胎老奶奶一起生活。在她们的影响之下，两个女孩不仅找到了内心的平静，还发现了自己独特的天赋与能力。这个看似普通平凡的夏天，却改变了两个女孩的一生……

>>> 朱迪·洛佩兹儿童文学奖银奖

你想赢吗？你输得起吗？

你相信学习不好的孩子也会真心爱学校吗？如果你总是输，你还相信总有一天你会赢吗？整个小学阶段，辛可夫似乎一直在输，但即便如此，他还是找到了内心独有的力量，那是无法用学习成绩来衡量的人生动力，那是真正赢得成长的秘密。

>>> 纽伯瑞儿童文学奖金奖

用诗歌和 HIP-HOP 的旋律，吟出少年的人生与梦想

十二岁的乔希和双胞胎弟弟乔丹是学校里的篮球明星。在成长的关键期，乔希逐渐意识到除了球技，生活中还有很多东西需要去适应和学习。在最关键的一场球赛开赛之际，爸爸突发急病被送往医院。是去比赛，还是去医院？年少的人生即将面临考验与蜕变……

>>> 美国图书馆协会杰出青少年读物奖

将人生的每一个赛点握在自己手中

这是《乔希的球场》中乔希的爸爸篮球“大神”查理的童年故事。查理在爸爸去世后整日消沉，妈妈无奈地将他送到了爷爷奶奶家。查理了解到了爸爸的另一面，也在家人的陪伴与鼓励下拾起了对篮球的热爱和生活的信心。他终于明白，生活中的不如意就像没有入网的篮球，最重要的是要勇敢起跳，一往无前。

>>> 纽伯瑞儿童文学奖金奖

一个少年完成了从懦弱到勇敢的蜕变

自记事起，玛法图就深深地畏惧大海。整个少年时期，他默默承受着同龄人的嘲笑。终于，在十五岁那年，他下定决心去迎击自己畏惧的大海。滔天大浪裹挟着玛法图的独木舟，竟带他来到了食人族所在的神秘岛。在这里，他必须要经历生死的考验……

>>> 日本产经儿童出版文化奖

在与狼的冒险中成长，珍惜童年的自由时光

两个素不相识、离家出走的日本男孩里欧和明，在德国柏林偶遇了沉默寡言、一身故事的老人马科斯，还有一匹与狼群失散、迷失在都市中的小狼。为了让小狼安全回到狼群之中，三人无意间踏上了逃亡一般的旅程……

>>> 波士顿环球报号角图书奖金奖

从非洲到伦敦的旅程，让一个女孩更懂得善良和勇气的可贵

在充满野性的非洲农场里，维尔自由自在地生活着。但这一切随着父亲的去世戛然而止——农场被出售，她被送到英国女子寄宿学校。那里淡漠的人情，摧毁了她心中的世界。于是，在一个合适的时机，她逃走了，在伦敦的街道中穿梭躲藏。她要如何生存下去？

>>> 美国银行街教育学院最佳童书奖

当心中充满爱和希望，每个人都会义无反顾地前行

菲奥和妈妈生活在西伯利亚雪原的小木屋里，妈妈是一名驯狼人，教狼群如何恢复野性。但有一天，妈妈强行被官兵带走，家也被烧成了废墟。她下定决心骑狼穿越雪原去救妈妈，但她从没想到，这一路会遇到那么多严酷的挑战……

>>> 父母选择奖

巧克力盒子里，装着成长的选择题

巧克力是亨利的最爱。他爱吃甜巧克力、苦巧克力、白巧克力、黑巧克力……而且，他每时每刻都在吃。可有一天，他全身开始冒出棕色的大斑点，为避免被人团团围住盯着看，他从医院逃跑了。这一路上，他会遇见怎样的奇观呢？他身上的大斑点会奇迹般地消失吗？

>>> 荷兰儿童文学银石笔奖

献给每一个富有想象力、内心住着超级英雄的孩子

第 59 街的一栋公寓里住着一位画家，当男孩莱纳斯来到这里时，就像是踏入了一个满足一切想象力的世界：红色、黄色、蓝色！一个个四方形的色块挂在纯白的墙壁上，仿佛随时都能随音乐跳起舞来。在这里，他与画家一起聊未来、听音乐、跳舞，甚至是幻想，真实世界离得很远很远……

>>> 纽伯瑞儿童文学奖银奖

鼓起勇气奔跑，每个人都可以成为英雄

十一岁的男孩伊利亚拥有不同于常人的“天赋”——用投掷石块的方法捕鱼。他本可以平静地成长，但一个突如其来的坏消息，让他命运的轨迹从此改变。为了扭转这一切，他瞒着父母，告别家乡，奔跑着踏上了一段惊心动魄的冒险旅程……

>>> 纽伯瑞儿童文学奖银奖

坚持真实的内心，成为与众不同的我

因惧怕权威，小人族米尼平人过着整齐划一的机械生活，渐渐失去了真实的自己。有一天，不远处的日落山上出现了奇怪的火光，人们因害怕打破安静的生活，竟避而不谈……而五个与众不同的人敢于打破常规，却因此被逐出村庄。就在此时，他们竟然发现日落山的火光关乎着米尼平人的命运……

>>> 纽伯瑞儿童文学奖银奖

穿越成长的迷雾，拥抱坚定的自己

格丽塔从小就很喜欢雾，一天，当她在林间散步时，薄雾渐渐笼罩住树林，前面出现了一座房屋的轮廓。随后，一辆马车驶了过来，车上的女人招呼格丽塔上车，一场冒险开始了。格丽塔来到一个叫蓝湾的村庄，不仅在那里交到好朋友，还听说了很多稀奇古怪的事。然而，在现实生活中，蓝湾并不存在……

>>> 日本儿童文学者协会长篇小说新人佳作奖

勇敢地抬起头，明天就有好事发生

细川因贪吃，体重一直偏重。町田因被朋友伤害过而故意拒人千里之外。高峰因性格内向而不敢吐露自己真实的想法。坂卷极度渴望一份真正的友谊。泷岛有一个不完整的家庭。而在彼此给予的支持和温暖中，他们决心勇敢地面对遇到的挫折，共同经历成长的悲欢，最终对前方的路充满期待。

>>> 纽伯瑞儿童文学奖银奖

每天都是一场冒险，需要你鼓起所有勇气去战斗

詹妮没有在一个地方长久地待过，爸爸总是带着一家人辗转于各地谋生。漂泊的生活让詹妮感到不安，她想要一个真正的家，想要上学和交朋友。当妈妈生病，家里又交不出房租时，詹妮用她最珍爱的传家宝——一只漂亮的青花盘来代替房租。失去盘子让她感到痛苦和无助，不过，幸运也悄悄降临了……

>>> 纽伯瑞儿童文学奖银奖

每个人都是自己故事里的英雄

三个好友——扎克、波比和爱丽丝，热衷于一个魔法游戏。一个骨瓷娃娃——拥有魔法的女王，在波比的梦中出现，说自己名叫埃莉诺，已去世多年，要由三个好友护送回家乡的墓园。于是，他们深夜带着女王，跳上长途巴士，前往不知名的地点，准备完成她的心愿……

>>> 美国图书馆协会杰出青少年读物奖

少年的生存洗礼之书

纽约市大中央车站的底下，竟然藏着一个不为人知的秘密房间？在这个纵横 220 公里、涵盖 265 个地铁站的“城市之下的城市”，男孩史雷克整整住了 121 天。当他在地下渐渐找到家的感觉时，他还愿意返回地面吗？

>>> 美国国家图书奖

一段百米赛道，承载着一个少年向上的渴望

跑步是男孩“幽灵”唯一擅长的事，但他跑步并非出于热爱，而是出于本能——逃离酗酒的父亲。直到遇见“捍卫者田径队”的教练，他惊人的跑步天赋才为人所知。教练挖掘他的潜力，激发他的能量，并以同理心成为他坚定的依靠。更幸运的是，他还遇到了懂他、尊重他的队友。他们一起在跑道上挥洒着汗水，朝梦想的方向奔去。

>>> 英国儿童图书奖

害怕也没关系，但无论如何都要勇敢

飞机一头撞进了亚马孙丛林，坠落并燃起大火，四个孩子掉落到一片荒野中。在这人迹罕至之地，四人必须依靠自己生存下去。偶然中，他们找到一张画着神秘标记 X 的地图，便乘木筏顺着亚马孙河驶向那里。没想到，前方等待他们的是一座宏伟的废墟城市，里面住着一位“探险家”。一切都将走向神秘……

>>> 美国国家图书奖金奖

散发麦田芬芳的成长之旅

十二岁的萨默刚从一场致命的疾病中活过来，弟弟交不到一个好朋友，爸妈要飞回日本去照顾病重的曾祖父母，年近七十的外公外婆为了一家人的生计要重新开始工作……在一趟一路向北收割麦田的旅程中，萨默开始思索生命和责任。这坏运气的一年什么时候才能结束？

>>> 纽伯瑞儿童文学奖金奖

探索世界，保持对生活的勇气和憧憬

诞生在美国一位船长家中的木头娃娃希蒂，一直在旅行。她经历过出海捕鲸，与眼镜王蛇一起表演，还遇见过了不起的诗人、伟大的作家和著名的歌唱家，并被四处游历的画家画进了不少画里……

>>> 纽伯瑞儿童文学奖金奖

做自己本来的样子

在被小主人遗弃之前，玩具娃娃胡桃木小姐过着舒服的生活。她住在用玉米芯做的房子里，身子是用苹果树枝做的，脑袋则是一颗胡桃。这样一个脆弱的娃娃，该如何熬过寒冷的冬天呢？她就这样被迫踏上了冒险之路……

>>> 纽伯瑞儿童文学奖金奖

战胜恐惧，寻找心灵的平静

男孩“我”驯养了一只有着彩虹般颜色颈羽的信鸽。彩虹鸽曾穿越谜一般的喜马拉雅山，勇敢地冒着炮火运送情报，为何会丧失飞翔的信念与勇气？当恐惧占据了它的心房，视它如兄弟的“我”，又该如何帮助它重返蓝天？

>>> 宋庆龄儿童文学奖

回到过去，寻找真实的自我

噶玛兰族少年潘新格，一直对自己异于其他人的身份感到不自在。在一次机缘巧合中，他回到了过去。在这场时空交错的奇异之旅中，他亲历祖先生活，感悟生命延续的艰辛与珍贵，完成了成长中一次自我认知的蜕变。

>>> 美国图书馆协会杰出青少年读物奖

生命中永不放弃金色的阳光

十四岁的小子外表强悍，内心敏锐。父母双亡后，他将爱投注于两个哥哥和一伙死党，这群“油头小子”来自贫民区，好勇斗狠却很真诚。在小子经历过一次生死缠斗之后，一连串的事件如噩梦般纠缠着小子和他身边所有的人……

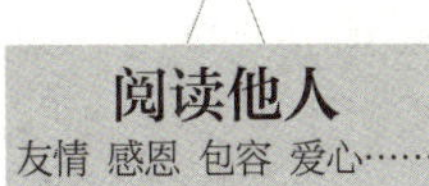

>>> 纽伯瑞儿童文学奖金奖

在困境中冲破自己的极限，努力向上生长

在爸爸不知去向，妈妈住进精神病院后，黛西带着弟弟妹妹徒步几百英里，来到未曾谋面的外婆家。他们将在这里安顿下来，与外婆一起开始一段全新的生活。生活依旧艰辛，关于拮据的生活费、落下的学习、与同学的融入等等，处处充满挑战。在这个过程中，黛西从未放弃过努力，也逐渐领悟到生活中最重要的东西——爱、信任和勇气。

>>> 爱伦·坡青少年推理小说奖

一场关于父爱的推理

在一座尘封十年的阁楼里，十二岁的女孩琼在十二箱神秘的家族文件中发现了重大的秘密，她逐步陷入层层的谜团与疑云之中：一个神秘的鞋印、一名失踪的婴儿、一份庞大的遗产……十年前的那天夜里，究竟发生了什么？

>>> 纽伯瑞儿童文学奖银奖

被爱就是最大的幸运

一个人口只有一百四十八人的温馨小镇，突然接连发生了两起离奇的案件。十一岁的摩西与最好的朋友组建了侦探所，决心揭开谜底。然而摩西本人就是一个谜团缠身的女孩，十一年前是谁把她放在河里漂流到了镇上？她的身世与这两起可怕的案件又有何关联？

>>> 纽伯瑞儿童文学奖银奖

一段为亲情而坚持的冒险之旅

十三岁的女孩乔吉以两件事闻名：步枪神准和心直口快。而正因为她的心直口快，她深爱的姐姐阿加莎离家出走。几天后小镇警长带着一具穿着阿加莎礼服的无名尸回来。人们都接受了这个悲惨的事实，除了乔吉。她带上擦亮的步枪，踏上了寻找姐姐的冒险之旅……

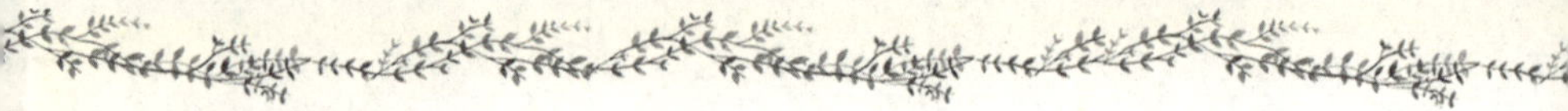

>> 卡内基儿童文学奖提名奖

在追寻爱的道路上，永不忽视任何一种可能

所有人都告诉索菲她是个孤儿，但索菲始终坚信母亲还活着。依靠仅有的线索，她从伦敦逃到了巴黎。在巴黎的屋顶上，索菲遇到了一个在绳索上行走、住在空中的男孩。这个男孩与她的母亲有什么关系？屋顶上的飞跑竞赛，能不能为索菲指明母亲所在的方向……

>> 威廉·艾伦·怀特儿童文学奖

一场祖孙之间的“战争”，感受爱与信赖

彼得无比爱自己的房间，但外公的到来，使他不得不搬离自己的房间，住到阴森可怕的顶楼。于是，他向外公下战帖夺回自己的房间。可外公超级不好惹，战线越拉越长，两人受到的伤害越来越大，深爱外公的彼得还会持续进攻吗？这场祖孙之战将如何收场？

>> 普林兹文学奖银奖

最远的航行，其实是回家的路

母亲去世后，杰克来到一所男子寄宿学校就读。他从没预料到自己将会和学校里最奇怪的男孩厄尔利开启一场穿越缅因州丛林的冒险旅程。在丛林中，他们遇到了海盗、火山、白鲸、百岁妇人、大黑熊、响尾蛇等，而他们的旅程其实刚刚开始……他们会走出这片丛林，安然无恙地回到家吗？

>> 威廉·艾伦·怀特儿童文学奖

有力量的梦想，是黑夜里闪光的希望

小小是一位织梦人新手，正在学习编织美好的梦授予人们。每个夜晚，她都会将温暖的梦，授予内心有巨大创伤的男孩约翰，以帮他走出父母离异的阴霾。与此同时，专门授予人们噩梦的黑暗生灵——殷险马，把目标对准了约翰。织梦人迎来了前所未有的考验……

>> 纽伯瑞儿童文学银奖

在充满希望的等待中，度过珍贵的童年时光

六岁的戴维就要有一只小黑兔了，不过得等到下周六它才来。这一周对戴维来说漫长又难熬，他提前为它取好名字、做好笼子、放好食槽……终于，名叫桑德拉的小兔子到来了，对戴维来说，之后的每一天都是奇迹。可不知为什么，有一天桑德拉竟从笼子里溜了出来……

>>> 威廉·艾伦·怀特儿童文学奖

是爱，治愈了悲伤

一场车祸，改变了一切。死而复生的威尔觉得这都怪自己，妹妹温妮没能醒来怪自己，不能把爸爸妈妈逗笑怪自己，他还怪温妮光顾着往天堂里飞，一点也不考虑家人。他开始给温妮写信，告诉她，没有她世界就像来到了末日。但末日可没那么容易来到，在写这一封封信时，威尔的悲伤渐渐流出体内，为希望腾出了地方。

>>> 法国童书不朽奖

我的一年，外婆的一生

韦罗记忆中的外婆优雅体面，笑容温暖。但外婆却患上了阿兹海默症，无意中烧毁了自己的别墅，不得不搬来韦罗家。韦罗一家平静的生活由此被打乱：外婆会偷偷把生活用品藏起来，删掉妈妈的工作文件，甚至认不出自己的孩子……韦罗和家人想尽办法拯救外婆，帮助她寻回美好的人生片段，保管她的记忆……

>>> 纽伯瑞儿童文学奖银奖

一场跨越想象与现实的冒险，一次友谊与信任的试炼

十一岁的女孩四月搬来和祖母一起生活，在社区一家神秘古董店的废弃后院内，四月和新结识的朋友们展开了一场神秘的埃及游戏，开启了一场精心策划的心智冒险。就在这场冒险的高潮戏码即将上演时，社区里却发生了一桩凶杀案……

>>> 英国蓝彼得图书提名奖

真正的友谊，经得起时间和困难的考验

珍妮和秋天是最好的朋友。一天，当珍妮乘坐旧电梯去秋天家时，她发现自己穿越到了未来的一年：秋天家遭遇不幸，活泼的秋天变得颓废，她们的友谊也出现裂痕。在一位同样被时间困住的妇人的帮助下，珍妮能回到过去，并避免那场悲剧吗？

>>> 纽伯瑞儿童文学奖银奖

勇敢正视自己的内心，拥抱渴望的亲情与友情

杰西卡意外捡到一只长相奇特的猫。她是多么希望自己没有将它带回家，因为她越来越觉得它是女巫送来的，正指使她做一系列坏事，她甚至觉得自己就是女巫……就在这时，这只猫遇到了危险，她必须抉择是否要去拯救它，是否要揭开关于女巫的秘密……

>>> 纽伯瑞儿童文学奖银奖

用爱解开成长的谜题

在一座神秘的老房子里，每段楼梯的起始两根柱子上各有一个丘比特木雕像，但其中一个雕像的脑袋不知所踪。刚搬来的阿曼达极其热衷超自然，自她来后，老房子里就频繁出现怪事。直到有一天，一个大箱子滚下楼梯，那个遗失了一百多年的丘比特脑袋突然出现……

>>> 纽伯瑞儿童文学奖银奖

一个关于魔法力量和亲情理解的故事

妈妈突然离世，爸爸执意带着彼得和贝琪去往威尔士生活，姐姐珍则留在家乡。寒假时，珍来到威尔士与家人团聚，发现家人之间早已矛盾重重。就在这时，彼得捡到一个神奇的东西，它传出的歌声向他展示了6世纪一位吟游诗人的一生,彼得被迫卷进过去的时间里……

>>> 纽伯瑞儿童文学奖金奖

亲近自然，感受爱的暖心奇迹

为了让疲惫的爸爸重拾生活的信心，玛莉一家从城里来到了高山之上，搬进了妈妈的外婆留在枫树山的旧房子里。从此她经历了从未有过的生活，连人见人怕的逃学检察官都会帮着她和哥哥“逃学”，并且给他们带来一大群帮手，帮助制作甜蜜的、温暖人心的奇迹……

>>> 纽伯瑞儿童文学奖金奖

爱的传递：最要紧的是不要浪费人生

这是一本由曾祖母送给重孙女的日记。八十二岁的曾祖母凯瑟琳·霍尔在十四岁那年，遇到了常人难以想象的困境，她必须以小小的肩膀撑起整个家庭。坚强的毅力和乐观的心态最终帮助这个身遭不幸的女孩，走过了艰辛波折而又充实的一年。

>>> 日本青少年读书感想写作比赛指定图书

每个孩子都独一无二，值得珍爱

“你哟，没生你就好了！”明日香十一岁的生日在哥哥的嘲讽中来到了，而妈妈完全忘了她的生日。在这样的忽视和冷漠下成长的明日香,终于承受不住,失声了。这个女孩,还能找到生存的勇气和希望吗?

>>> 国际阅读协会儿童图书奖

用爱点亮生命中所有的希望

梅格很难不嫉妒姐姐莫莉。莫莉漂亮开朗，而梅格完全相反。这年夏天，全家搬到乡下生活。在这里，姐妹俩住一个房间，摩擦不断。突然有一天，莫莉开始不停地流鼻血，家里的气氛由此变得令人窒息，而内心一直深爱姐姐的梅格，终于知道了事情残酷的真相……

>>> 美国图书馆协会亚历克斯奖

每个人的童年里都有一个英雄

父爱的缺失、同辈的欺侮……十二岁的乔伊孤独地生活着，迫切地想找到一个生命中的英雄。二十岁的三垒手查理，快人快语，行事鲁莽，有不为人知的童年经历。他开始只把乔伊当成调皮的球迷，谁知道通起信就再也停不下来。两人从针锋相对到相濡以沫，爆笑又真挚。

>>> 美国父母选择奖银奖

别放弃，即使只有一点点机会

十二岁的露西已经搬了三次家。这年夏天，他们刚到新家，身为摄影师的爸爸就出差了。露西试图通过镜头记录新家的一切，由此认识了邻居纳特。一天，她发现爸爸要担任一项摄影比赛的评委，为了得到爸爸的认可，她决定参赛。在准备参赛作品的过程中，露西逐渐适应了新环境，还帮纳特完成了一桩心愿……

>>> 威廉 · 艾伦 · 怀特儿童文学奖

改变自己，才能改变周围的一切

阿曼达和同天出生的雷欧是好朋友，每年都会一起庆祝生日。在十岁生日宴会上，两人因为同学的揶揄陷入冷战。十一岁生日时，他们第一次分开庆祝，偏偏在这天，阿曼达接连遭遇倒霉事。没想到接下来的几天，天天都是阿曼达的十一岁生日。直到雷欧主动找她说话，才发现两人陷入了时间循环……

>>> 纽伯瑞金奖得主与凯迪克奖得主联袂力作

勇敢的心，让一切冒险都变成奇迹

大教堂里住着一群老鼠。它们可不一般——温柔、谦卑、懂礼貌，在女族长希尔德加德的领导下小心翼翼地与人类生活在一个屋檐下。可是眼下，不小心暴露行踪的老鼠们有祸了！面对“除害专家”和猫的威胁，族长必须带领它们进行一次前所未有的大冒险……

>>> 美国国家图书奖银奖

关于忠诚与欢乐的成长故事

糖人沼泽忠诚的侦察兵——浣熊兄弟宾果和杰玛，发现沼泽正受到严重的威胁！贪婪的博库先生、野心勃勃的鳄鱼和无恶不作的野猪，都想毁了这片自然天堂。而同时，男孩查普一家也遭遇了被赶出糖人沼泽的威胁，他们只有五天五夜的时间来挽救一切……

>>> 美国国家图书奖银奖

关于倾听和善待他人

一对新婚的旱獭夫妇——菲比和弗莱德收养了一个人类婴儿！对于旱獭来说，玛格丽特胃口极大，脾气又坏，十分不好养。于是，树林里的动物——蛇、臭鼬、蝙蝠和松鼠也加入到了收养大军之中……

>>> 纽伯瑞儿童文学奖金奖

关于希望的美好期待

山坡上的大房子里有新居民要搬来了！为此，兔子坡的居民们议论纷纷，多方猜测。作者罗伯特·罗素以自家后院为原型，创作了这部充满爱心的动物小说，文字与图画都又好玩又可爱，共同讲述了一个关于等待与希望的美好寓言。

>>> 日本儿童文学者协会长篇小说新人佳作奖

用解谜破案的方式，打开图书馆

热爱阅读的芊芊一有时间就泡在图书馆里看书，在这里遇到了许多怪事：一本图画书的书名里隐藏了什么秘密，它能帮助一个迷路的小女孩找到亲人吗？让一位病重的老人念念不忘的书，为何已从图书馆借出了 60 年……9 个关于书的谜案等你来破解……

>>> 法国拉图律文学奖

用 25 篇作文破解一桩奇案

男孩埃尔万班上的法语老师，要求全班 25 个同学在早上 9 点至 10 点半之间，散布到小镇的各个角落观察和体会，写下自己的所见所想。谁料就在这个时间段，居然发生了一起谋杀案！更出乎所有人的意料，这 25 篇作文最终让 25 个同学化身为侦探……

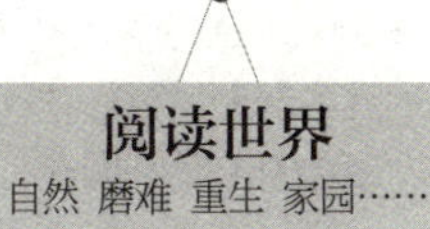

>>> 纽伯瑞儿童文学奖金奖

一次奇妙的环球之旅，一场天马行空的想象

一位想要摆脱世俗纷扰的老教授，决定乘坐气球环游世界。原本平静的旅程因一群“不速之客”发生突变，老教授空降到一座小岛上。这里居然住着 20 户人家，还储藏着丰富的钻石。当他决定在这里生活下去时，一场火山喷发让小岛灰飞烟灭，老教授又乘坐气球降落到了大西洋上。后来他被人救起，把自己的故事讲给了全世界……

>>> 科特·马希拉奖

一部关于超越内心恐惧，守望家园的沉思录

一个以钢铁为生的铁巨人吃掉了农场里所有的铁农具，为了阻止这样的事情再发生，勇敢的小男孩霍加思把铁巨人带到一个堆满废铁的大院。从此，铁巨人和人们相安无事。直到有一天，一条巨龙从太空降落，决意摧毁地球。在这个危机时刻，铁巨人向巨龙发起了挑战……

>>> 英国桂冠诗人特德·休斯经典著作 / 科特·马希拉奖《铁巨人》姊妹篇

在直面风暴中获得重生的勇气

铁巨人的同类忽然从一条臭水沟里钻出来，发誓要将肆意排泄污染物的废品工厂摧毁。随即整个小镇都听到了所有被污染的生物发出的痛苦尖叫声，并且男人们都变成了某种鱼类，必须去河里感受生物们的痛苦。接下来还会发生什么事呢……

>> 纽伯瑞儿童文学奖银奖

以童年超越战争，以蜕变回报成长

在十岁这一年，小女孩金河一家因为一场意料之外的旅行，人生轨迹就此翻天覆地。背井离乡的哀伤使熟悉的生活、热情的朋友还有那些木瓜树都变成遥远的回忆。在完全陌生的环境中，金河还会重新变得聪明和自信、勇敢而有担当吗?

>> 美国《纽约时报》杰出童书奖 / 纽伯瑞大奖畅销童书《十岁那年》姊妹篇

在责任与爱中走向独立与成长

跨越半个地球，不情不愿的米娅被迫陪着奶奶回故乡，去寻找一个尘封多年的秘密。半生不熟的语言、迥异的文化习惯让米娅焦头烂额，她决定依靠自己的力量来解开谜团。很快，线索指向了一封“带不走的信”……

>> 威廉 · 艾伦 · 怀特儿童文学奖

用想象力和创意来为生活创造乐趣

为了完成特别的暑假作业，少年亨利成立了一家公司，拉开了人生的创业大幕。他把男孩让人头疼的淘气变成了赚钱的业务，天马行空的想象经由不懈的坚持变成了难以置信的现实。亨利不仅赚到了真金白银，更通过对社会的探索，获得了宝贵的人生体验：积极自信、独立思考、敢于想象、永不放弃……

>> 刘易斯 · 卡罗尔书架奖

相信改变的力量，让一切成为可能

2026 年的纽约拥有世界上最多的卡车，这些卡车在街上横行霸道。一天，卡车司机马克故意撞翻花匠莫里斯的手推车，使莫里斯当场车毁人伤。全城的手推车小贩同仇敌忾，手推车大战由此开始。然而，处于社会底层的手推车小贩能够战胜资本雄厚的卡车司机吗?

>> 美国图书馆协会杰出青少年读物奖

在磨难与历险中成长，见证书籍与爱的力量

世界被一场巨大的地震毁灭，到处都是一片废墟，人们忘记从前，看不到未来。书籍消失了，每个人都依靠探针来满足精神上的需要。十二岁的憨头生来对探针敏感，他偶然发现废墟中还存活着一个对书籍和书写感兴趣的老人……

>>> 英国国家读写能力基金会儿童文学新秀奖

每段旅程都始于迈出的第一步

摩今是一只出身悲惨、无名无姓的小黑猫。月神却告诉他，他是与众不同的，有一个重大的使命在等他去完成。在月神的指引下，摩今踏上了寻找自己归宿的旅程。然而，这段旅程处处充满危机，面对重重磨难，他是否能够保持勇敢善良，顺利完成使命？

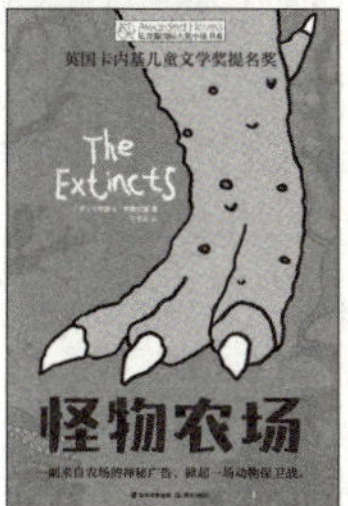

>>> 英国卡内基儿童文学奖提名奖

一则来自农场的神秘广告，掀起一场动物保卫战

乔治被一则奇怪的广告吸引，来到一座神秘的农场。这里不仅有优雅的农场主夫人、会飞的男孩，还有现实中不存在的神秘动物。与这群动物相处，乔治每天的生活都充满了乐趣与冒险。然而，一场潜伏的危机渐渐逼近农场，动物们面临着一场生死考验，瘦小的乔治能挺身而出保护这些神秘动物吗？

>>> 纽伯瑞儿童文学奖金奖

一场成长的冒险，让漂泊的人重新找到家园

一个等待爸爸的小女孩，与一个改变小镇命运的故事之间的奇遇。这个夏天，阿比琳与年少老成的露西安、想象力丰富的莱蒂，在镇上开始了一系列令人啼笑皆非的“大冒险”。而所有谜团的答案、打开记忆之门的那把钥匙，就握在占卜女王、吉卜赛女人萨蒂的手中……

>>> 美国图书馆协会荣誉图书奖

一支红色的铅笔激发了一个女孩的梦想和新世界

十二岁的阿米拉原本生活在平静的苏丹乡村，渴望学会阅读与书写。但在这一年，突如其来的战争袭击了她的村庄，害她失去了父亲和家园。在恐惧与绝望之下，她无法发声了，直到她意外地获得了一件礼物——一支红铅笔。

>>> 美国图书馆协会杰出青少年读物奖

磨难并不可怕，重要的是你心中始终充满光芒

塔玛亚每天和邻家男孩马修结伴上下学。一天，总爱欺负马修的查德扬言要和马修单挑，马修不得已带着塔玛亚躲进了学校旁边的树林里。慌乱中，塔玛亚把一块烂泥巴扔到了查德脸上。随后，一系列怪事接二连三发生……三个孩子无意中被卷进了一个惊天秘密……

>>> 英国儿童图书奖青少年奖

你有多勇敢，就能走多远

伊莎贝拉为爸爸绘制的地图着迷，希望有一天能踏上那片土地。可是，岛上的总督严禁任何人离开村子，因为传言外面是一片充满怪兽的荒原，在干涸的河流和冒着浓烟的山脉下，火魔即将被唤醒。可她的两个朋友接连消失，留下了神秘的脚印，她终于踏上了旅程。丛林蔓生，危险密布，渐渐地，她明白了自己当初为什么出发。

>>> 普林兹文学奖银奖

面对磨难的坚韧和勇气

女孩倩达与母亲相依为命，共同支撑着命运多舛的家庭。不料一场灭顶之灾悄然逼近。她要如何捍卫自己的友情，以稚嫩的肩膀负担起一切，维护自己至爱的家人？横亘在她面前的，是一个比死亡本身更可怕的秘密，而这个秘密竟跟母亲有关……

>>> 纽伯瑞儿童文学奖金奖

世代守护的诺言，童话般的传奇冒险

在波兰的克拉科夫城，有一位忠诚的吹号手在 13 世纪被敌人射死。两百年后，男孩约瑟一家来到了这座城市，但他并不知道一家人正被卷入一场邪恶的阴谋，陷入与凶残的鞑靼大盗、炼金术士、催眠术士以及魔鬼的黑暗使者的争斗中。约瑟吹响的号声将会由谁来响应？

>>> 纽伯瑞儿童文学奖银奖

关于梦想的冒险永不能放弃

为了拯救被卖到军队的哥哥，十二岁的孤儿荷马踏上了一段令人捧腹大笑的冒险旅程。这个勇敢机灵的男孩，利用自己的智慧和口才，成功地从形形色色的盗贼、骗子、无赖和间谍的手中逃脱。他一路向南，到处打听，最后他会找到哥哥吗？